「きもちいい……、ロキさま、すき……、すき、きもちい……」
　ロキが体を揺するたび、ぴちゃぴちゃと小さな波が立って乳首をくすぐる。湯浴み用の薄い衣服が水で透けて、自分の尖った乳首もロキの美しい彫りものも余すところなく見える。　（本文より）

邪神の血族 ～邪神の婚礼～

KAWAIKO

かわい恋

Illustration

Ciel

SLASH
B-BOY NOVELS

この物語はフィクションであり、実際の人物・団体・事件等とは、一切関係ありません。

CONTENTS

邪神の血族

～邪神の婚礼～

1.

神殿の儀式の間に設《しつら》えられた祭壇《さいだん》の上のうす暗い蠟燭《ろうそく》の光が、ナザールの白い面《おもて》を浮かび上がらせている。

腰まである長い黒髪は闇に溶け、美貌が際立って見えた。真っ直ぐな鼻筋を通して完璧に均等に配置された青い目が潤み、うすい唇は緊張から色を失くしている。

「これを食べろ」

愛しい夫、ロキに差し出され、ナザールは自分の前に置かれた皿と酒杯に視線を落とした。

銀の皿に乗せられた木の実は赤く熟《う》れ、甘い香りを放っている。同じく銀の酒杯に注がれた液体は、とろりとした濁りをもって輝いている。

皿からロキに視線を戻す。浅黒い顔に神秘的な文様を浮かばせた猛々しいロキの顔が、真剣さで恐ろしいほど険しく尖っている。

「これは……？」

「神の王しか入れぬ神界のいちばん高い山の上で、俺が力を注ぎ、己の生命の一部を封じ込めたアムブロシアの実とネクタル酒だ。俺の肉と血と言っていい。これを食し、俺の精を受ければ、おまえにも神の命が分け与えられる」

神々の王である神帝の地位を継いだロキが最初にしたのは、花嫁であるナザールのために神の食物を獲《と》りに行くことだった。これを食せば、人間であるナザールも神と同じ存在になれるという。ナザールは神と同じ寿命を手に入れ、末永くロキの眷属《けんぞく》を育てていける。

それは心の底から望んでいることではあるけれど、自分などが神に……と思うと、恐れ多さに戦《おのの》いてしまう。

ロキがナザールの手を取った。

「怖いか？」

心配げな目をしたロキが、ナザールの指先に口づけ、瞳を覗《のぞ》き込む。

神であるロキには、自分の心は瞳を通して見透かされる。怖がっているわけではないことは伝わっただろう。

ナザールはロキを見つめ返しながらほほ笑んだ。

「あなたがいてくれるなら、怖いことなどなにもありません。ただ……、身に余る光栄に、及び腰になっているだけです」

「おまえは俺の永遠の伴侶だ。おまえ以外に、俺の花嫁は務まらぬ。自信を持て」

黒い滝のように流れ落ちるナザールの髪の間にロキが指を差し入れ、耳に掛けた。

「おまえほど美しい人間はいない。外見も心も」

出会ったときから、ロキはナザールを至上のもののように扱ってくれる。

女神と称されるほどの美貌を持っていた双子の妹と同じ顔を持ちながら、邪神と恐れられていたロキと同じ青い瞳を邪視《じゃし》と呼ばれ、家族からも世間からも忌《い》み嫌われて過ごしてきた。そんな自分はどうしても自信家にはなれないけれど。

ナザールが自己を卑下《ひげ》することは、ナザールを選んでくれたロキをも卑下することになる。ロキのためにも、自分の存在価値を受け入れよう。

ナザールは深い感謝を胸に抱き、アムブロシアの実を手に取った。

「愛しています、ロキさま」

ひと口囓《かじ》ると、舌を蕩《とろ》かすような甘い果実の味が広がった。続いてネクタル酒を含むと、うっとりするような官能がのどから腹まで滑り落ちた。

「あ……」

口中から広がる甘さが脳を痺れさせ、腹の底から溶岩のような熱さが突き上げてくる。急速に体温が上がり、ロキの体液を取り込みたいと腰壺の奥底が口を開いたのがわかった。

「ロキさま……っ」

思わず酒杯を取り落とし、目の前のロキに縋《すが》りつく。

抱き留めてくれたロキの手の熱さに、ぶるりと大きく身を震わせた。素早く媚毒が体中を巡って、一瞬で下腹が熱く張り詰める。

アムブロシアとネクタル酒が体の隅々まで広がっていく。指先も、つま先も、髪の先まで、全身がロキを受け入れたいと叫んでいる。

「ロキさま……、ロキさま……！」

じわっ、とナザールの胸の先から白い蜜が滲《にじ》んだ。

ロキの精と愛を受けナザールの体内で育《はぐく》んだ、眷属を育てるための乳。ロキを癒やすための神乳が。

ナザールの着ていた薄衣を乱暴に剝《は》いだロキが、自身の着衣も破り捨てる勢いで裸になった。

「は……、」

何度見ても惚れ惚れする体に、熱いため息が漏れた。

闘神のごとく見事な筋肉を際立たせる、野性的な赤銅色の肌。その肌を覆い尽くす、青黒い彫りもの。黒い炎のような髪。神秘的な青い瞳が自分を見つめている。

「ほら、俺の肉だ。もっと食え」

ロキが齧りかけのアムブロシアの実を取り、ナザールの口もとに寄せる。甘い香りがつんと鼻奥を突き、頭がくらくらした。

自然に口を開いたナザールの舌に、果実がそっと乗せられる。嚙みしめると、快楽としか表現できない味が口いっぱいに広がった。

まるで口全体に媚薬を塗り込められたように快感を訴えて舌が震える。蕩けた視線のまま果実を咀嚼《そしゃく》するナザールを見て、ロキがのどの隆起を上下させた。

「おまえは食べている姿ですら淫靡《いんび》で美しい。やはり神帝より、邪神の花嫁という方がよほど似合う」

かつて邪神と呼ばれていたロキ。そのロキの花嫁になった自分。そしてこれから、永遠の伴侶となる。

ロキは食事前の狼のように唇を湿らせたかと思うと、巨大な黒い獣の姿に変化した。

知っている。これがロキの本当の姿。

過去に一度だけこの姿のロキと交わった感覚がよみがえり、腰壺が熱く疼《うず》いた。

――覚えておけ、ナザール。

かつてロキからもらった言葉が、頭の中を駆け巡る。

――俺に命令できるのはおまえだけだ。

ぞくりとした。

神の王に命令できる。自分が。自分だけが。花嫁だから。愛されているから……。

愛しいロキにそんなにも愛されていることに、優越感と恍惚《こうこつ》が入り交じって背筋を駆け上った。

「ロキさま、来て……！」

荒々しく野性的な獣との情交への期待に胸を震わせながら、ナザールは両腕を広げて、覆い被《かぶ》さってくる獣の体を受け止めた。

＊

水から浮かび上がるような不思議な感覚に、ナザールの意識も浮上し始めた。

寒くも暑くもなく、風もない。とても静かで心地いい。まぶたを通して、明るい光が見える。

苦しくはないけれど、ずっと息を止めていたような気がする。

ああ、よく眠った。

そう思いながら、胸いっぱいに空気を吸い込んでナザールはゆっくりと目を開いた。

自分の部屋とは違う。

「ここは……？」

見慣れない天井をぼんやりと眺めて口にした瞬間、華やかな美貌の青年二人に両側から抱き起こされた。

「おめでとうございます、ナザールさま！」

「ハク……、ジダン……」

灰色の髪に、ロキの眷属の象徴である赤い文様をくっきり頬に浮かばせた双子の美青年は、ナザールが育てたハクとジダンだった。

ぐるりと部屋を見回し、やっと記憶が戻ってくる。

ここは神界の新しい館の寝室だ。落ち着いた生成《きな》りで揃えられた寝具や壁紙は、派手好みのロキがナザールの趣味に合わせてくれたものである。

自分は新たに神の王――神帝となったロキと一緒に、先頃神界に移り住んだ。

ハクとジダンはナザールの手を取り、うやうやしく指に口づけた。

「ナザールさまが神の霊気を纏《まと》われている。なんと美しい」

「おれたちも喜びで胸がはち切れそうです」

膝をついてナザールを見上げた二人の瞳の中に、すいと自分が吸い込まれた気がした。

「あ……」

温かい光が眼前に広がる。光は意思を持っているようにナザールにまとわりつき、くすぐるように体を包んでくれる。

その光がナザールをとても愛してくれているのがわかり、心がふわりと浮き立つほど嬉しくなった。

寄り添って抱きしめて大事にしたいような――――。

光に、愛している、愛していると語りかけられている気がして、

「…………、わたしも、愛しています……」

気づいたら、そう口にしていた。

ハクとジダンの顔に、喜びの笑みが広がる。

「おれたちの心を読んでくださいましたか！」

「心を読む……」

呆然《ぼうぜん》と繰り返した。

ロキや眷属たち、神や神に属する者たちが瞳から人の心を読むことは知っていたが、今の感覚がそうなのか。

「さあ、ロキさまもあなたの目覚めを待っています。生まれ変わったあなたの姿を見せて安心させてあげましょう」

「ロキさまは重要な輪廻《りんね》の議の最中で、神殿を離れることができません。ですから、おれたちが連れて行って差し上げます」

愛しい夫の名を聞いて、会いたくてたまらなくなった。

「わたしも会いたいです。でも……、神殿まで会いに行ってもいいのでしょうか」

仕事の邪魔をしたくない。ロキが館に戻ってくるまで待つべきではないのか。

だが二人は笑って首を横に振った。

「もちろんです。あなたの目覚めの報はすでにロキさまに知らされています。こちらから伺《うかが》わねば、仕事を放り出して館へ転移してきかねません。行きましょう」

ハクとジダンに手を取られ、ナザールの自室から神殿へと向かう。二人が灰色獣に姿を変え、屋根のない一人乗りの二輪車を引いて走る。車輪の大きさが目立つその二輪車で、ナザールが長い髪をなびかせて空を駆ける様は、さながら女神のようだった。

神界は黄金でできたような輝く花々に彩《いろど》られていて、夢のように美しい。空気は甘く、温かく鼻腔を満たす。神界にやってきてからほとんど間を置かず神に転生するための儀式を行ったので、ゆっくりと景色を眺めるのは初めてだ。

「なんと美しい世界なのでしょう……」

神界は、そのときの神帝の望む形に作り替えられるという。

これがロキの理想の世界なのかと思うと、美しさに涙が出る心地がした。ロキはここで神々を統治し、亡くなった神々の魂《たましい》を輪廻に導くのだ。

自分もその手助けができたら、と思う。仕事の手伝いは無理にしても、疲れて帰ってくるロキを少しでも癒やせれば。

神殿は白亜《はくあ》の荘厳な建築物で、太い円柱が滑らかな曲線を描く屋根を支えている。人間界でロキがいた神殿よりも、はるかに大きな建物だった。

天から伸びる、白く輝く星の川のようなものが神殿の天辺に流れ込んでいる。

「あれは？」

ナザールの問いに、人型に戻ったジダンが二輪車から降りるのを手伝いながら答える。

「亡くなった神々の魂の通る道です。神殿に吸い込まれ、傷ついた魂は修復され、まっさらに洗い流されます。それを司《つかさど》るのが神帝のもっとも大事な仕事です」

ハクは地上付近をゆっくりと流れる雲を指し、つけ加えた。

「あれは地上から神が訪問してくる際に乗っているものです。神帝は人間界にいる大勢の神を束ねたり、他国の神をもてなしたり、もちろん地上にも目を配るので常にお忙しくしていらっしゃいます」

「大変な重責を伴うお仕事なのですね。わたしもロキさまの伴侶として恥ずかしくないよう振る舞わねば……」

圧倒されていると、二人は安心させるように笑った。

「ナザールさまなら大丈夫です。礼儀作法にうるさい母も、褒めておりましたよ」

ハクとジダンの母リリアナは、眷属の中でも生え抜きのロキの側近、夜伽衆《よとぎしゅう》の筆頭である。ナザールは人間でいた頃にリリアナから礼儀作法を学び、貴族や王族に招かれても恥ずかしくない立ち居振る舞いを教わっていた。

「そう言っていただけると安心します」

「いずれナザールさまが神力を使うことに慣れてきたら、他神との交流もありましょう」

そのときロキに恥をかかせぬためにも、もっとリリアナから神の王の伴侶としての心構えや会話の仕方を学んでおこうと背筋が伸びる心地がした。

他神と顔を合わせぬよう、専用の通路を通って神帝の私室となっている部屋まで案内される。仕事に戻ってしまった二人と離れ、一人でそわそわと落ち着かなく待っていると、忙しなく扉が開かれてロキが飛び込んできた。

「やっと目覚めたか、ナザール！」

心の弦を鳴らされるような響きのある声で呼びかけられ、ナザールは思わず立ち上がった。

「ロキさま」

愛しい夫の名を呼んだ。

太い腕が伸びてきて、ナザールを強く抱きしめる。

「よかった……。もう目覚めないかと……」

心から安堵《あんど》した声でささやかれ、驚いてロキを見た。

「なぜですか?」

扉の近くから、優美な声で答えが返ってくる。

「あなたは長い間眠っていたのですよ、ナザール。ロキはまるで赤子の誕生を待つ父のように、それは心配して……」

「余計なことを言うな、バラー」

ロキがきつい眼差《まなざ》しで声のした方を睨《ね》めつける。ナザールが視線を追うと、そこには長い白銀の髪を持つ美麗な白狐の神、ロキの祖父であるバラーが立っていた。

「バラーさま……。神帝さまも」

バラーの後ろから入ってきた前神帝が、やはりナザールを見ていた。金獅子の王を思わせる荘厳な容貌が、安堵の表情にやさしく崩れる。

「私はもう神帝ではない。神帝の地位はロキに譲《ゆず》ったからな。レイウスと呼んでくれ」

「レイウスさま」

それが神帝……、いや、前神帝の名なのだ。

「そなたはいつ目覚めるんだと、毎日毎日ロキに首を絞められそうになっていたのだぞ。あのまだったら、私は近いうちに首をもがれて胴体と生き別れにされるところだった」

ロキは険しい目つきでレイウスを睨《にら》みつけた。

「今からしてやっても構わないんだぞ、その方が静かになっていい」

レイウスは子どもの戯《ざ》れ言を聞くような態度で軽く笑った。ナザールにとっては心臓が縮みそうなロキの暴言も、彼らにとっては日常茶飯事の軽口なのである。

バラーが近づき、やさしくナザールの肩に手をかけた。

「気分はいかがですか。あなたは神と同じ存在になりました。今のところ体感的な変化はないでしょうが、いずれ自分が人間とは違う存在になったとわかるでしょう」

どこがどうとははっきり言えないが、自分の体が新しいものに生まれ変わったような、不思議な感覚がある。これまでの疲れや汚れが洗い流され、真新しく輝いているような。

「とてもいい気分です。体も軽い」

バラーは慈愛に満ちたほほ笑みを浮かべた。

「これから色々な力の使い方を学んだり、自分を守る術を覚えていかねばなりません。戸惑うことも多いでしょうが、神が恐慌すれば人間界に思わぬ災厄をもたらすこともあります。落ち着いて行動するように」

「自分を守る？」

「いずれわかります」

ロキは奪うように、ナザールを抱き寄せた。

「心配いらぬ。俺がいる」

バラーはほほ笑みを崩さぬまま、一歩後ろに下がった。

「さあ、感動の再会はここまでにして仕事に戻りなさい、ロキ」

ロキは眉をひそめ、ふいと横を向いた。

「そんなもの後回しだ。せっかくナザールが目覚めたんだ、今日はナザールと過ごす」

レイウスが呆《あき》れたように息をつく。

「他の神々が待っているのだぞ、そういうわけにいかないだろう」

「ナザール以上に大事な用事などない」

「子どものようなことを言うな。神帝としての役目だ」

ナザールに神と同じ寿命を授《さず》けるために神帝の地位を継いだロキにも、当然それはわかっているだろう。

それでもナザールと一緒にいたいとわがままを言うロキを、愛しく思った。ナザールはそっとロキの手を取り、感謝を込めて甲を撫でた。

「ロキさま、ありがとうございます。わたしも一緒にいたいのはやまやまですが、どうぞお役目を優先してくださいませ。お仕事が終わるまで館でお待ちしております」

ロキはとても残念そうな顔をしたが、力強くナザールを抱きしめると、情熱的に唇を重ねてきた。

レイウスとバラーの前で激しい愛情表現をされるのは恥ずかしいけれど、ナザールと離れることをこんなにも寂しがってくれることが嬉しい。

ひとしきりナザールの口腔《こうこう》を味わうと、ロキは名残《なごり》惜しげに唇を離した。ナザールの頬を両手で包み、近い距離で瞳を覗き込む。

「おまえの言葉には逆らえぬ。できるだけ早く帰るから、無理をしないよう過ごしていろ」

「わかりました。いってらっしゃいませ」

それでもナザールの顔中に口づけを降らせて離れたがらないロキから、バラーがそっとナザールの肩を抱いて引き寄せた。

「今日はわたしがナザールについていますから、どうぞ安心してください」

ロキはやっと諦めたようにナザールから手を離し、それでも最後に、

「では俺が戻ったらおまえから口づけてくれ」

彼らしくもなく甘えたことを言う。

頬が赤くなってしまうような甘い約束に、ナザールは嬉しい気持ちでうなずいた。

「はい」

バラーはちらりとレイウスを見た。

「あなたも手伝って差し上げたらいかがですか。神帝の仕事ならお手のものでしょう?」

「え」

突然話を振られたレイウスが、慌ててバラーに取り縋った。

「いや、私はおまえと一緒に……」

「レイ」

バラーが有無を言わさぬ響きで短くレイウスの名を呼んだ。

レイウスは渋々バラーから手を離す。

「いいだろう。その代わり、私もおまえからの口づけをもらうぞ」

「ご命令ならいつでもして差し上げますよ」

そういうことではない、とぶつぶつ呟《つぶや》くレイウスは、ロキを伴って部屋を出て行った。

二人が消えると、バラーはナザールに向かってにっこりと笑う。

「上手にロキを扱えていますね。彼はあなたの願いには逆らいません」

「扱うなど……」

そんなつもりはない。

「言い方が悪かったですか? ロキが神帝としてよい仕事ができるかどうかは、花嫁であるあなたにかかっています。今のようにしっかり仕事に送り出したり、そのぶん帰ってきたときは甘やかして癒やしたり、上手に彼を動かしてください。なにせロキはあなたに首ったけなのですから」

そう言われると嬉しい反面、気持ちが引きしまる。花嫁である自分が彼の足を引っ張ってはならない。力となり、強みとならねば。

バラーを見ていて、ふと気づいた。

「そういえば、さっきハクとジダンの瞳を見たときに彼らの心の内が覗けました。でも、ロキさまやレイウスさまの瞳を見ても、なにも感じませんでした」

今、こうしてバラーの瞳を見ていても。

「それは、心を覗かれないよう隠す術を知っているからです。普通の人間にはできませんが、神や魔物であれば、大抵は他人の心を覗くと同時に隠す術も身につけているものです」

「では、ロキさまは……」

つき、と胸が痛んだ。

ロキの心を覗けなかったということは、隠されたということだ。人間の頃からナザールの心はすべてロキに筒抜けだけれど、彼はナザールに見せるつもりがない。

すっと目を伏せたナザールに、バラーはやわらかな声で諭《さと》した。

「誤解してはいけませんよ、ナザール。長く生きているロキの心の中には、醜《みにく》い人間の所業や恐ろしい戦いの記憶など、あなたに見せたくないものがたくさんあるのです。あなたはまだ、見たい情報を取捨選択できる力がありません。だから、本来ならロキが自分でしたかった心を覗かせる経験を、あえてハクとジダンに任せたのです」

彼らは生まれてからほとんどの時間を、ロキと三人だけの閉じた世界で暮らしてきた。そしてナザールと出会ってからは、最初の短いすれ違いの期間を除いて、とても楽しく過ごしてきた。だからハクとジダンの心には恐ろしい記憶が多くはなく、それを隠すのは容易なのかもしれない。

「見せたい部分だけを見せることもできなくはありませんが、情報が多ければ多いほど漏れが出ますからね。ロキも万一を考えたのでしょう。それだけあなたのことが大切なのですよ」

奥底まで潜《もぐ》っていけば、ハクとジダンの心からも、ロキが力を失って辛かった時期や、町の人々から嫌悪された悲しい記憶が見えたのかもしれない。

でもみな、ナザールを傷つけないよう、細心の注意を払ってくれているのだ。なんとありがたいことだろう。

周囲のやさしさに、深い感謝が生まれた。

「力を使いこなすには慣れが必要です。あなたはまだ、見えるものから心の目を閉じる方法も知りません。神としては赤子同然なのですから、焦《あせ》らないように」

「はい、バラーさま。ありがとうございます、みなさまのお心遣いに感謝しかありません」

素直に頭を下げたナザールを見て、バラーはやさしくほほ笑んだ。

「さあ、他の眷属たちもあなたに会えるのを待っています。長い間眠っていたのだから、心配もしています。館に戻りましょう」

次々と、眷属たちの顔が頭に浮かぶ。

夜伽衆の筆頭である妖艶《ようえん》な美女のリリアナ、博識でナザールの家庭教師もしてくれるハルラール、剣の達人で真面目な美青年のラヴィ、そしてナザールの唯一の友達ヴェロンダ。

他にも世話をしてくれる眷属や可愛い子どもたちの顔が浮かんできて、彼らに会いたくて浮き足立った。

「わたしも会いたいです」

「今頃、あなたが神に生まれ変わった祝いの準備をしているでしょうね」

祝いなどと大げさなことはなくとも、ずっと彼らと過ごせるだけで嬉しい。

バラーと二人、雲に乗って館までの道を戻った。

2.

神界での暮らしは、人間界にいたときとさほど変わりなかった。

ナザールは静かで美しい森と泉、眷属たちに囲まれて、幼い仔《こ》らに乳をやりながら楽しく暮らしている。もともとロキたちと過ごしていた北の森によく似ているので、神界に来たという実感すら乏《とぼ》しい。

神界はそのときの神帝が好きな形に作るものだという。殺伐《さつばつ》とした地獄のような土地であることもあれば、とにかく風光明媚《ふうこうめいび》な景色、迷路のような建物が乱立していたりと、そのときによって様々らしい。

ロキはナザールが心安らかに過ごせるようにと、館の周囲を馴染《なじ》んだ森の形にしたのである。

だからナザールは人間界にいたときと変わらず、リリアナからは礼儀作法を、ハルラールからは知識を学び、ラヴィに師事する剣の練習、そして友達であるヴェロンダとは子どもたちも交えて毎日遊んでと、とても楽しく過ごしている。退屈なんてしない。

今日も、尋《たず》ねればなんでも教えてくれる教師ハルラールに数学を学んだあと、そのまま部屋でヴェロンダとカードを始めた。

「んー……、こっちかな……。いや、こっちの方がいいかも……」

ヴェロンダは癖のある短い髪を揺らしながら、手に持った二枚のカードからどちらを出そうか真剣に悩んでいる。女性にしては背の高いヴェロンダは、長い脚を邪魔そうに椅子の横に出して組み、内心の迷いを表すようにぶらぶらと揺らした。

彼女はカードを使うゲームが好きで、特に勘の鋭さを活《い》かせるものが得意だ。今やっているのは、互いに持っているカードの中から一枚を選んで同時にテーブルの上に出し、カードの数字が大きい方が両方のカードをもらえる。最終的に取ったカードの数が多い方が勝ちというゲームである。

今まで出たカードの数字を考えれば、ヴェロンダは上手《うま》く出せればひと組は取れる、失敗すれば両方ナザールに取られるという局面なので、どちらを出すか迷っているのだ。

感情表現が豊かで負けず嫌いのヴェロンダは、勝てば大喜びで踊り出しそうな勢いだし、負けると心底悔しがる。

ナザールは勝ち負けにはあまりこだわらない。友達が喜ぶ顔を見るのは嬉しいので、自分はできればヴェロンダに勝たせてあげたいのだけれど。

ナザールは右のカードを出そうと決め、ヴェロンダが決定するのを待った。

「えーい、こっちでいく！」

カードに手をかけたヴェロンダと、一瞬目が合った。

瞬間、ヴェロンダが選んだカードの数字がはっきりとわかる。とっさに、左のカードに切り替えてテーブルに出してしまった。

ヴェロンダの出した数字は八。ナザールは七。もともと出そうとしていた右のカードは、十一だった。

「あ……、ヴェロンダの勝ちですね」

真剣になるあまり心の守りが揺らいでしまったヴェロンダの瞳から、無意識に情報を盗んでしまったようだ。ずるいことをしてしまったようで、後ろめたさで曖昧《あいまい》な笑顔になる。

ヴェロンダは今までになくむっとした表情でナザールを睨みつけた。

「今、わざと負けたでしょう？」

「わざとなんて……」

勝たせてあげたいと思っていたのは事実だが、今の場合はなにも考えることができず、反射的に小さい数字のカードを選んでしまった。

「嘘。あたしの心見えたでしょ。数字わかったはずだよ。あたし負けず嫌いだけど、そういうふうに手を抜かれるの好きじゃない」

どうしよう。

心を覗くことも覗かれることも、互いにその能力のある者同士にはわかってしまう。最近はナザールも調節できるようになってきたところだが、ふいに見えてしまうことはある。さっきみたいに。

友達が怒り出すなど初めての経験で、うろたえてしまってなにも考えられない。

「ご、ごめんなさい……」

「なにについて謝ってるの？」

畳みかけられ、泣きたいほど混乱した。友達を怒らせてしまうのが怖い。

「その……、怒らせてしまって……」

ヴェロンダはますます表情を険しくする。

「そういうことじゃないんだけど？」

「……っ、ごめんなさい！」

思い切り頭を下げた。

どうしよう。どうしよう、怖い。なんと言ったら怒りを収めてくれるのかわからない。

「ごめんなさい……、ご、ごめんなさい……、もうしませんから……」

はあっ、と大きく息を吐かれて、心臓が痛いほど縮み上がった。

「訳もわかってないのにただ謝られても、あたしが虐《いじ》めてるみたいな気になるんだけど」

「ごめ……」

「そういうの！　やめて」

謝罪の言葉を遮られ、身をすくませた。自分には友達がいなかったから、こんなときどう言ったらいいのか見当もつかない。ただ怒らせてしまったことが怖くて、泣きそうになった。

端《はた》で見ていたハルラールが、取りなすように声をかけた。

「ヴェロンダ、ナザールさまが混乱しておられる。きみも少し頭を冷やしてきなさい」

ヴェロンダはなにかを呑み込むように口をつぐむと、ふいに灰色の獣の姿になって駆けていってしまった。

ヴェロンダの姿が消えてしまってから、ナザールは顔色を失くしてハルラールに向き直った。

「先生、どうしましょう……。あんなにヴェロンダを怒らせてしまって」

「ナザールさま、落ち着いてください。お茶を淹《い》れましょう」

心遣いはありがたいが、落ち着いて茶など飲める気分ではない。

ハルラールはふっと笑うと、ナザールの肩を押して椅子に座らせた。

「大丈夫、ヴェロンダはあなたさまが思うほど怒っているわけではありませんよ」

「でも……、き、嫌われてしまったんじゃ……」

ハルラールはおかしそうに、握った手を口もとに当てた。

「彼女はああいう性格ですから、怒りっぽくもありますが機嫌を直すのも速いです。美味《おい》しいお菓子でも持って謝りに行ってごらんなさい」

「……謝るなと怒られました」

泣きそうだ。

「それはただ闇雲《やみくも》に、怒らせてしまったことに対して謝罪したからですよ。友達だったら、あれくらいの諍《いさか》いはよくあることです。わざとじゃないと、ナザールさまが怒り返しても構わないくらいでした」

「そんなこと……」

自分にはできない。

「あなたさまの生い立ちを考えると難しいでしょうね」

人づき合いなどほとんどなかった。ヴェロンダが初めての友達なのだ。

「ですが、こう考えてはもらえませんか？　ヴェロンダは、あなたさまが友達だからあんなふうに怒ったのです。対等でいたくて。もしそうでないなら、わざと僅差《きんさ》で負けてあなたさまを立てるでしょう。ヴェロンダにも、そのくらいの分別はあります。心の守りをおろそかにしてしまうほど、あなたさまに気持ちを許しているのです」

「対等で……」

「あなたさまはヴェロンダに怒りを鎮《しず》めろと命令することもできますよ。そうしたいですか？」

「いやです！」

ただ自分を許せなどと、言いたくない。

間髪《かんはつ》を容《い》れずに断ったナザールに、ハルラールは知的な片眼鏡の奥の瞳をやさしく細めた。

「そうですよね。ヴェロンダも、あなたさまが気を遣ってわざと負けたと思ったから腹を立てたのです。そういう方法で機嫌を取るのは、友達のすることではありませんから」

「そんなつもりではなかったんです……」

嚙み砕くようにハルラールに説明されてあらためて、純粋にカードを楽しみたかったヴェロンダに失礼なことをしてしまったのだと思った。

「わかっています。きっとヴェロンダもわかっていますよ。ちょっとばかりすれ違っても、友達なら仲直りすればいいのです」

「……仲直り、できるでしょうか」

「先生の言うことを信じなさい」

勉強だけでなく、人とのつき合い方まで教えようとしてくれる。やさしい教師のありがたさに胸が温かくなって、心からの感謝を込めて頭を下げた。

「はい、先生。ありがとうございます」

ヴェロンダを探そうと意識を空中に飛ばすと、すぐに居場所がわかった。

これは神界だからか、ナザールの新しい力の一部なのか。

ヴェロンダは、川で子どもたちと遊んでいた。

「あっ、ナザールさま！」

子どもたちがナザールに気づき、一斉に手を振る。ナザールも手を振り返した。

川の中にいたヴェロンダと目が合う。

ヴェロンダは、ナザールが来るのがわかっていたような表情で岸に上がってきた。

自分の心をさらけ出してヴェロンダに覗いてもらえば、ナザールの気持ちはわかってもらえると思う。けれど真摯《しんし》に言葉で伝えたかった。

「ヴェロンダ、先ほどはすみませんでした」

深々と頭を下げたナザールに、ヴェロンダは唇を尖らせてばつの悪そうな顔をした。

「いいよ、謝ってくれなくて。さっきはあたしも怒りすぎた、ごめん。ナザールさまが手を抜こうとしたんじゃないってことはわかってる」

「わざとではありませんでした。でもあなたに勝って欲しいという気持ちは確かにありました。それがとっさに出てしまったんだと思います。ですが、わかってください。あなたの機嫌を取りたいからではなく、あなたの喜ぶ顔が好きだから」

ヴェロンダはかすかに目を見開いてナザールを凝視したと思うと、やがて照れくさそうに頬を緩めた。

「なんかさぁ、そんなこと正面から言われると照れちゃうよ。でも本気でやってくれて勝った方が嬉しい」

「そうですね、反省しました」

「反省するなら、なにかあったらナザールさまも怒ってよ。ちゃんと喧嘩《けんか》しようよ、友達なんだから」

自分に喧嘩ができる気がしなくて、ナザールは困った表情になった。そんなナザールをからかうように、いつもの調子に戻ったヴェロンダが無理難題を吹っかける。

「じゃ、ちょっと練習。あたしになにか文句言ってみて」

「え……、な、なにをですか?」

「なんでもいいから」

と言われても、ヴェロンダに文句なんかひとつもない。

練習練習、とさらに軽く促《うなが》されて、一生懸命考えて口を開いた。

「あ、あなたはいい人すぎます……！　好きすぎて腹が立ちます！　それから、ええと……、明るくて一緒にいると元気になれるし、気が強いところも素敵ですし、あとは……、あと……？」

言葉に詰まったナザールを目を丸くして見ていたヴェロンダが、弾かれたように腹を抱えて笑い出した。

「な、なにそれ……！　全然文句じゃないし！」

腰を折り曲げて、息もできないように体を震わせながら笑う。

ナザールは真っ赤になって下を向いた。途中からは訳がわからなくなってしまったが、自分なりに頑張って文句を言ったつもりだったのだけれど。

ヴェロンダはひとしきり笑うと、まなじりに浮いた涙を指で拭《ぬぐ》った。

「あー、おかしい。あたしもナザールさま大好きだよ」

恥ずかしかったけれど、ヴェロンダに好きと言ってもらえてぱあっと晴れやかな気分になる。

「嬉しいです！　あの、仲直りしようと思ってお菓子を持ってきたんですけど」

ナザールが菓子の袋を開いた途端《とたん》、眷属の子どもたちがわらわらと集まってきた。

「わー、お菓子！」

「ナザールさま、食べていい？」

二人の周りでぴょんぴょん跳ね回る子どもたちの期待に輝く目を見たら、もちろん断れるはずなどない。

目でヴェロンダに謝ると、ヴェロンダは肩をすくめて笑った。

「みんなで食べよ」

すり潰した木の実の粉を練って作った焼き菓子を一人一人に配っていったら、ひとつしか残らなかった。

「ヴェロンダ、どうぞ」

「なに言ってんのよ。こういうときは半分こでしょ」

片目をつぶって言われ、喜びで胸が高鳴った。以前、友達とお菓子を半分こするのが憧《あこが》れだったと言ったナザールの言葉を覚えていてくれたのだ。

ひと口で食べられてしまう小さな焼き菓子を、さらに半分に割ったら親指の先ほどの大きさしかない。それでも二人で食べると満たされた。

「ちょうどお乳あげる時間よね。ほら、今日は誰の番?」

ヴェロンダが子どもたちに声をかけると、中から二人の少年少女が手を挙げた。

眷属は仔獣の姿で生まれ、花嫁の乳で育つと耳と尻尾がついた半人半獣の姿になり、さらに成長すればロキの眷属であることを示す赤い文様が体のどこかに浮かぶ。

ちなみに双子であるハクとジダンは右と左の頬に対照的に、ヴェロンダは左腹についている。岩に背を預けて服の合わせ目を開いたナザールの胸に、少年と少女が吸いつく。小さな口でこくんこくんと飲む二人の、ふさふさした灰色の尻尾が左右に揺れるのが愛らしい。ナザールの顎《あご》の下でぴくぴくと震えている三角の耳に、それぞれ口づけを落とした。

花嫁の乳は神に愛されている証《あかし》。ロキの精を受け、ナザールの体で眷属が育つための栄養に変える。

眷属はロキの子も同然。その眷属を育てられるのは、ナザールにとってこの上ない幸福である。愛おしさに満たされて、ナザールはますます乳を溢《あふ》れさせた。

清らかな月明かりが差し込む閨《ねや》で、ナザールはロキの腕の中で快楽の余韻にたゆたっていた。まだ熱の引かない肌同士を寄り添わせているのが心地いい。

本来時間の感覚のない神界で、ロキが昼と夜の概念を作ってくれているのもナザールが過ごしやすい理由のひとつだ。

ロキに求められ、乳も涙もこれでもかというほど流して悦《よろこ》んだあとは、気怠さの中で甘やかしてもらう。

「幸せです、ロキさま……」

ロキの肩口に頬をすり寄せ、男らしい顎先に唇をそっと押しつけた。

事後の甘い時間には、ナザールは新しく知ったこと、その日にしたことなどをロキに話すのが日課になっている。報告とも言えないような、ささやかなことばかり。

それでもロキはいつでもやさしく耳を傾けてくれる。おまえの声を聞いているのが心地いい、楽しそうな表情が嬉しいと言って。

すべてが満ち足りていて、完璧だった。楽園とはこういうことを言うのだろう。

「わたし、今日、初めて友達と喧嘩……、ではありませんね、友達を怒らせてしまって、でもちゃんと仲直りできたんです」

「ヴェロンダと？」

ナザールの友達と言えばヴェロンダであることを、ロキも知っている。

「初めてのことだったので、すごく怖くて申し訳なくて、泣きそうになってしまったんですが。でも、おかげで今までよりもっとヴェロンダと仲よくなれた気がします」

ロキはナザールの頭を抱き寄せて額に口づけを落とした。

「そうか。怖かったろうが、いい経験をしたな」

きっとナザールがヴェロンダと仲直りできていなくて落ち込んでいても、ロキは辛抱強く見守ってくれるだろう。どうしてもぎくしゃくしてしまったら、力になってくれようともするに違いない。

自分は本当に夫に恵まれた。

「はい。でも先生……ハルラールに言わせると、友達だったらよくある諍い程度で、わたしも怒り返して構わないくらい他愛ないものだったらしいですが」

ロキはおかしそうに笑った。

「あいつがそう言うなら、そうなんだろう。次は言い返してやったらどうだ。俺がレイウスにするみたいに」

ロキのレイウスに対するいつもの辛辣《しんらつ》な言葉を思い出し、苦笑した。

「わたしには絶対あなたとレイウスさまのようなやり取りはできません」

「そんなおまえも見てみたいものだがな」

ロキは心底楽しそうに笑うと、ナザールに覆い被さって瞳を覗き込んだ。自分を見つめるナザールの頬を手のひらで包み、親指の腹でまなじりを撫でる。愛しげな仕草に、胸の深い部分から愛情が盛り上がって、また乳が滲んだ。

「俺に心を覗かれるのはいやか？」

最近では隠し方もわかってきて、心を隠さずにいることは全裸で外を歩いているのと同じ感覚であると知った。だからみな、普段は心を隠している。意図せず見えてしまうのは、風で衣服がめくられてしまったような恥ずかしさがある。だが。

「今さらです。わたしは慣れていますし、覗かれて困ることもありません」

ロキに隠す必要を感じない。

「俺の心も見たいか？」

見たいと言えば見たいが、バラーの言うとおり、辛い過去や恐ろしい光景、もしかしたら過去の花嫁たちの記憶も見えてしまうかもしれない。

動揺しないという自信はない。慣れればロキが見せたいものだけを見せ、ナザールが見たいものだけを見ることは可能だろう。

だがそのことになんの意味がある？

大事なのはこれからだ。

「今のあなたを作り出してくれた、すべての過去に感謝します。これからの時間は一緒に作り上げていくのですから、心を覗かずとも、都度真摯に向き合って問題を解決していきたいです」

それが夫婦でしょう、とロキの頬を撫でた。

ロキは心底愛おしげに目を細め、感極まったようにナザールを抱きしめる。

「どうしておまえは毎日俺に恋をさせるんだろうな。可愛すぎて、今夜は眠らせてやれる気がしない。おまえの体中、俺の種で埋め尽くしたい」

言いながら、もう硬さを帯びている雄がナザールの腿に押しつけられた。

ロキの情熱にあてられて、ナザールの瞳が潤んでくる。先ほど零れるほどの精で満たされたばかりの肉筒が騒ぎ出し、胸の先がはしたなく濡れてくるのを感じた。

膨《ふく》らみ始めた胸芽をロキがつまむ。

「あっ……」

陰茎と同じくらい感じるよう仕込まれたそこは、指の腹で丸く撫でられるだけで仰《の》け反るほどの快感をナザールに与えた。

「清楚な色をしていながら、こんなに期待して乳を漏らしている」

言われると恥ずかしくて、目を閉じて頬を染め、ロキの視線から逃れるように横を向いた。薄紅に染まる耳朶《じだ》をロキに嚙まれ、ぞくぞくと背を震わせる。ロキは耳の溝《みぞ》に沿って舌を這わせながらささやいた。

「アムブロシアの実を食べたときのおまえは大胆でいやらしくて興奮した。あんなふうに俺を誘ってくれ」

「そんな……」

あれは酒や催淫剤で酩酊《めいてい》していたも同然の状態だった。ロキに求められるならどんな痴態《ちたい》でも晒《さら》すつもりではあるけれど、行為の最中で夢中なっているときならともかく、素面《しらふ》ではそうそう思い切れない。

もうすでに一度抱かれた体の準備はできているけれど、一旦鎮まった気持ちの準備ができていない。

「す……、少しだけ時間をください……」

快楽に夢中になってからでないと、羞恥死してしまいそうだ。

「仕方ない。可愛いおまえの頼みは聞かざるを得ぬな」

ロキの瞳に淫猥《いんわい》な光が宿っている。

なにかされるのだという予感が走り、自分の中の被虐を悦ぶ心がかすかに頭をもたげた。ロキに意地悪をされることに期待してしまうナザールの性質は、とっくに見透かされている。

寝台の上に体を起こしたロキに軽くうつ伏せるよう肩を押され、素直に体を反転させたと。

「え？」

ロキがどこからか取り出した縄で、ナザールの両手首を後ろ手に縛る。

「ロ、ロキさま……？」

ロキは決してナザールに乱暴しないと知っているくせに、不安になってしまう。

肩越しに振り向けば、ロキは舌で唇を濡らしながら、自由に動きの取れなくなったナザールを見下ろしていた。

「たまにはこのくらいの遊びはいいだろう？」

ロキの視線が、ナザールの顔から肩、縛られた腕、腰、脚と、順に舐めるように撫でていく。

拘束されただけなのに、いつもロキの目に晒しているのに、隠せないと思うと急速に羞恥が募って肌がむずむずした。

「……、ぁ……」

見つめられているだけで、ナザールの雄蕊《ゆうずい》に血が集まってきた。半端にうつ伏せて体をねじっているせいで、陰茎の先から滲む透明な蜜で敷布を汚しながら緩やかに勃ち上がってくる。

そんな卑俗《ひぞく》な反応を知られたくなくて、上になった脚の膝を折って隠そうとした。だがそれがかえってロキの目に違う部分を見せつけるような形になってしまう。

ロキの視線がそこに注がれる。

「見て欲しいのか？」

「……っ、違います、これは……、あっ！」

ロキがナザールの尻を割り開き、先ほど雄を受け入れたばかりの後蕾を覗き込む。さんざんこすられた肉襞《にくひだ》は赤く熟み、餌をねだるように口を開いている。

「こんなに欲しがっているくせに、違うなどとどの口が言う」

孔《あな》に沿って肉襞をぐるりと舐められる感触に尻を震わせた。

「ああ……」

摩擦で腫《は》れた肉襞をぬるぬると舌先で癒やされる心地よさにため息が漏れた。熱いものでこすり上げられた腸壁が、また欲しいと蠢《うごめ》いている。

濡らしただけで離れていったロキの舌を恋しがって、勝手に尻が揺れた。

「欲しいだろう?」

ロキが自身の男根を手で揺らしながら聞く。

欲しい……。

ナザールの内側は、先ほどの交接でまだたっぷりとロキの精に濡れている。すぐにでも挿《い》れて欲しくて、首まで真っ赤に染めながら小さくうなずいた。

「欲しいなら、もう少し育てろ」

ロキはナザールの顔の前に片膝をつき、頭を跨《また》いだ。ロキの大ぶりの男根の裏側と双《ふた》つの陰嚢《いんのう》が眼前に迫る。

ロキは片手でナザールの顎をつかんで仰《あお》のかせ、もう片方の手で自分の男根をつかんだ。斜め

上から、ひたりとナザールの唇に先端を当て、

「口を開け」

短く命じる。

ロキの雄臭い匂いが鼻腔を埋め、唇に触れた熱に心臓が跳ねた。

どくどくと胸が脈打つのを感じながら、唇を開いて頭部を咥《くわ》えた。不自由な体勢で、それ以上呑み込むことができない。

ロキがゆっくり腰を進めると、固定されて動けないナザールの口中に、野太い蛇が潜り込んでくるような気がした。

「んぅ……、ぅ……」

ロキは形がわかるように、わざとナザールの頬肉を内側からこする。ロキの目には、男根が頬を膨らませているのが見えているはずだ。

斜めにこすられるせいで上手く口を閉じられず、口端から伝う唾液が顎まで伝う。

「もっと唇をすぼめろ」

息苦しくてつい開いてしまう唇に、意識して力を込めた。

ロキが腰を引くたびに、凶悪な角度でえぐれた雁首《かりくび》の張り出しに唇が引っかかり、淫らにめくれ上がってしまう。

縛られて寝転がったまま首をひねり、男を頬張る自分はどれほど欲しがりに見えているだろう。

羞恥で頬を上気させ、目の縁に涙が盛り上がった。

それでも、ロキが望むなら。

「ん……、うう……」

瞳で愛していると訴えるナザールを見て、ロキは荒い息を吐きながら雄茎を引き抜いた。すっかり育ち切った雄の先端とナザールの唇の間に唾液が曲線に糸を引き、敷布にしたたり落ちる。

「ナザール……」

ロキは興奮を隠さぬ目でナザールの濡れ光る唇を親指で拭った。

「羞恥に塗《まみ》れながらも俺の欲望に応《こた》えようとする、おまえの健気な姿に燃える」

言葉どおり、ロキの雄は猛々しく天を衝《つ》いて犯すものを探している。

「おまえは俺のための……、俺だけの淫婦《いんぷ》だ」

ナザールの背後に回り、腹をすくって腰を高く上げさせる。

縛られているせいで手がつけず、頬と肩で体を支える形になった。ナザールの長い髪が、黒い川のように敷布に流れている。

「上の口と下の口、どちらが上手に俺をしゃぶれるか見てやろう」

「ひ……」

ナザールの唾液を纏った丸々と太った亀頭が、ぬっぷりと肉の環《わ》をくぐった。ロキは先端だけを呑み込ませたまま、ナザールの白い尻たぶを両手でつかんで横に引く。

横に開かれる力に逆らうように、ナザールの肉襞がきゅんと締まって雄肉をきつく食《は》みしめた。

「んあ……」

ロキはいっそ無慈悲なほど、挿入《はい》るぎりぎりまで奥に男根を押し進める。

「ひ、ぃ……、ぅ……」

ナザールのものより二回りは太いロキの男根は長さもあり、狭い肉をかき分けてごつりと最奥《さいおう》にぶつかって止まった。

「は……、は、ぁぁ……、おおきい……」

唇を震わせながら、浅く息をついた。少しでも動いたら腰が砕けてしまいそうで。

「奥まで呑み込むのは、こちらの口の方が上手そうだ」

ロキの雄は長大で、口ではとても根もとまでは入り切らない。のど奥を開くことも覚えたけれど、それでも濃い茂みに唇が当たるほどまでは呑み込めない。

その巨大な雄が、粘液を纏いながらずるずると手前に引かれていく。

「くぅぅ、ぅ、ん……、やぁ…………、ぁぁ――――…………」

内臓が引きずり出されるような感覚に、細い声を漏らす。ロキの極太の肉茎は、先ほど彼が放った白い精でてらてらと濡れ光っているだろう。

蕾《つぼみ》の内側に雁首の張り出しが引っかかった。

さらにゆっくりと手前に引かれ――――。

「あああっ！」

尻たぶを目いっぱい広げられ、露出した肉襞をめくられる感覚は強烈だった。

ロキが美味《うま》い獲物を見る獣の視線を注いでいるのがわかる。ナザールの肌が、羞恥でじっとりと汗ばんだ。

「おまえの鮮《あざ》やかな紅色の肉襞が、俺を離すまいとしがみついてくる」

ちゅ……、ちゅく、にゅぷ……、と耳を塞ぎたくなるような音を立てながら、執拗《しつよう》に肉襞をめくられる。

「ああ……、ああ……」

一往復しただけで放置された淫道が炎で炙《あぶ》られたように疼いた。切なすぎて、奥まで突き入れて欲しくてねだるように腰を揺り動かす。

「や……、いや……、ロキさま、奥まで、ください……！」

ほとんど泣き声で懇願した。

ロキは動きを止め、ナザールの背に覆い被さると、頭を撫でながら頬に口づけを落とした。

「泣くな、悪かった。おまえが可愛くて虐めすぎた」

ナザールの手首を縛《いまし》めていた縄が、はらりと解けた。ナザールの手を引いて抱き起こしたロキは、そのまま仰向けに寝転んだ自分の体を跨がせる。

「挿れられるか？」

ロキの声と視線が蕩けるほどやさしい。

意地悪をしたあとは、ロキは甘い言葉をささやいてこれでもかというほどナザールを可愛がる。これもロキの手管《てくだ》なのかもしれない。ナザールが悦ぶぎりぎりまで虐められて、丁寧に甘やかして癒やされて、いつもその落差に安心して夢中になってしまう。

こくんと幼子のようにうなずくと、ロキが手を添えて真っ直ぐ上に向けた屹立の頭部を、肉襞に当てたまま往復させせて中心を確認した。

「ん……」

全身彫りもので覆われているロキは男根まで文様で覆われている。その赤黒い雄が、ナザールの中に姿を消していく。

自分の好きな速度で腰を落とせる体位に、ぞくぞくと背中が痺れた。

奥深くまで自ら串刺しにしていく行為に殉教者のような気持ちになりながら、目を閉じてすべてを受け入れる。

「あ……、う……」

待ち構えていた粘膜が、恋しい男の肉にすき間なく吸着する。

「いいぞ……」

ロキが熱い息を吐くと嬉しくなってしまう。彼が感じている、自分が悦ばせている。

ナザールの大胆な姿が見たいと言うロキを、もっともっと悦ばせたい。

「ロキさま……」

力の抜けた脚を、片方ずつ膝を立てて開いた。男根を咥えたまま脚を開いてしゃがみ込む形になり、ナザールの陰部がロキから丸見えになる。

「みて……」

挿入の衝撃でしこった双嚢を片手で持ち上げ、結合部をロキの目に晒した。ロキがのどの奥で笑う。

「淫らな眺めだ」

ナザールの中でいっそう体積を増した雄に、ロキの興奮を感じ取る。

軽く突き上げられ、

「あ……っ！」

胸を反らして、ロキの大木のような太腿に後ろ手をついた。じん……、と乳首が痺れ、ぷくり

と盛り上がった乳が脇腹を伝い流れる。

「どこから見ても美しい。最高の花嫁だ、ナザール」

惜しみない賞賛に、胸が震える。ロキへの愛が溢れて止まらない。

この人の花嫁でよかった。

「愛しています……」

後ろ手に体を支える腕に力を込め、浮かせた腰を後ろから前に回転させた。

「あ、ん……」

ごりり……っ、とロキの雄がナザールの内側をかき混ぜる。えも言われぬ快感が泉のように湧き上がった。

快楽のため息を漏らしたロキが、ナザールの両膝に手を置いて体位を固定した。もう脚を閉じることは許されない。かつてなく淫らな挿入の形に、羞恥と興奮で涙が滲む。

でもロキが悦ぶから。

「くぅ……、ん、あ……」

熱いシチューをスプーンでかき混ぜるように、とろとろの肉筒をロキの雄を使ってこね回す。血管の形までわかりそうなほど張りついた腸壁がこそげられ、みちゃみちゃと粘膜同士がこすれ合って淫らな匂いが立ち上った。

「あ……、あん、あぅ……、ああ……、あ……」

ロキを感じさせたくて、懸命に腰を使う。

「本当におまえは一途《いちず》で健気で、俺を夢中にさせる」

ぱんっ！　と下から肉を打ちつけられ、嬌声《きょうせい》を上げながら仰け反った。

「ああああっ！」

視界が鮮烈な赤色に瞬いた。頭の後ろがじんと痺れ、思考がひと息で突き崩された気がした。

開いた脚がぶるぶると震え、全身から淫靡な汗がどっと噴き出す。

「腰を回せ」

命ぜられるまま、恥骨を突き出す格好で腰をくねらせた。

「動きを止めるなよ」

「は……、ああああぁぁ……っ」

ナザールが回転させる腰の動きに合わせて、ロキが下から律動的に突き上げる。

まだナザールの内に留まっていたロキの精が激しく泡立ち、孔から漏れ溢れた白い泡粒が結合部を濡らした。

闇の空気に、荒い息遣いと互いに肉を叩きつけ合う音が響く。

「ひうっ、ああ……、ああぁぁぁ…………！」

ナザールは下からの激しい抽挿《ちゅうそう》に、ひっきりなしに嬌声を漏らした。

後ろに手をついているせいで、上下に跳ねる自分の陰茎を抑えられない。先端が腹を叩くたび、透明な蜜が糸を引いた。

ナザールの痴態に、ロキの興奮が高まっていくのがわかる。

「このまま出せ、ナザール……！」

ぐぐっ、とナザールの中でロキが膨らむ。

「うぁ……、あ……、あああ、ああっ……、ロキ、さまっ、ひ、ああ、すご……、おおき、く、なって……っ、あああああぁぁぁぁっ、あーーーー……っ、っ、っ！」

腹の奥に熱が広がると同時に、細腰を弓なりに反らして硬直したナザールの劣情が弾けた。上下に揺れる勢いのまま白濁をまき散らす。

宙に向かって放たれた体液は、遮るもののないままロキの男らしい面まで飛んだ。

「あ……、ああ……」

吐精の衝撃でくずおれそうになったナザールは、ロキの顔を汚した白濁にぎょっとして体を起こした。

「も、申し訳ありません……！」

急いで手で拭おうとしたナザールの手首を、ロキがつかんで止めた。引き寄せられ、ロキに覆い被さるようにして顔の横に手をつく。

至近距離で青い瞳と視線がぶつかり、吸い込まれそうでどきりとした。

ロキは薄笑いを浮かべ、唇の横に散った白濁を舌で舐め取る。

「あ……」

自分の精を舐められていると思うと、かあっと頬に血が上った。

「届かない。おまえもきれいにしてくれ」

手首を押さえられたままで、ロキの舌が届かない部分はナザールが舐め取れということだ。

自分の乳を飲まされることは多いけれど、ロキのものならともかく自分の精液を味わわされることは滅多《めった》にない。

ロキに求められることなら屈辱は感じないが、自分の興奮の証だと思うととても恥ずかしい。

だがロキの美しい顔を汚してしまったのは自分なのだから、きれいにせねば。

「申し訳ありませんでした……」

目の縁まで朱《しゅ》に染めながら、ナザールは仔猫のような舌遣いでロキの頬を拭った。くすぐったそうに笑ったロキが、手首を解放してナザールの背を抱きしめる。

視線で口づけを求められたが、ナザールの精で汚れた唇でするのが申し訳なくて、困ったように眉を寄せた。

心を覗かずともナザールのためらいを見透かしたロキは、自分からナザールの唇に舌を潜り込ませる。ロキはナザールの舌に残った精を吸い取り、最後にちゅっと音を立てて唇を合わせた。

ナザールの頬を撫で、額同士をすり合わせながら瞳を覗き込んだ。

「どこまで愛らしいんだ、おまえは。俺がおまえの精を飲むなど今さらだろう」

そうなのだけれど。

「そこがおまえの可愛いところだな」

ナザールの後頭部を撫でて自分に引き寄せた。促されるまま抱きしめられたナザールの胸からしたたった乳白色の乳が、ロキの胸を濡らした。

「飲みたい」

ロキは結合を解かないまま上半身を起こす。彼は達したあともナザールの中にいるのを好む。

座位になってナザールが背を反らすと、差し出された胸粒をロキが含める形になる。大きく開いた口で乳首の周りの肉まで覆われ、力強く吸引された。

「ああ……」

吸いながら腰を揺り動かされると、快感のあまり涙が零れた。

もうひとつの胸の下半分を手のひらに包まれ、押し上げるように揉まれる。生温かい乳が噴き出し、ロキの体にぶつかって流れ落ちた。

「きもちいい……、ロキさま……」

搾乳《さくにゅう》されるのは心地いい。

乳は吸われないまま溜まると、胸に石の塊《かたまり》を抱えているように辛くなる。神の精と愛を受ければどんどん溢れてくるので、眷属の仔やロキに吸い出してもらう。

眷属の仔には成長のために。ロキには痛みや疲れを癒やすために。

「一日二匹の仔にやるだけでは余ってしまって辛いだろう。自分の子にもやりたいか？」

どき、とした。

以前ロキに子どもをねだったことがあるが、人間の腹には神の子は宿らないと言われた。だがそういえばあのとき、子が産めるのはロキの方だと言っていなかったか？

「欲しいか？　俺とおまえの子が」

「できるのですか？」

もしロキとの子を腕に抱けるなら、どれほど幸福か。

「おまえが望むなら、産んでやらなくもない。おまえ似の娘ならな」

一瞬期待してしまったが、ロキの口もとが笑っているので、後戯代わりの睦《むつ》み言なのだろうと理解した。ならば希望を口に出すくらいいいだろう。

ナザール似の子を望んでくれるのは嬉しいが、自分は愛しいロキに似た子が欲しい。

「わたしはロキさまに似た勇猛な男の子が欲しゅうございます」

「それは俺がつまらん」

二人で笑い合って、口づけをした。

ロキの首を抱いてもたれかかり、男らしい汗の匂いを吸い込んでうっとりする。再びナザールの中で硬さを増してきたロキは、ナザールの尻肉をぐっとつかむと腰を突き上げ始めた。

「んっ、あん……、はぁ……、あ、ロキさま……、ロキさま……、すき……」

ロキの腕の中で大事に抱きしめられたまま、ナザールは小鳥のような鳴き声で囀《さえず》り続けた。

3.

朝のやわらかな光にまぶたをくすぐられ、ナザールは長い睫毛《まつげ》を上げた。

腕枕をされたまま眠っていたナザールは、ロキが寝息を立てている姿を見て口もとを緩めた。

彼が眠っているなんてめずらしい。

神になったら眠らなくても大丈夫なのかと思ったが、ナザールには人間のときと変わらず眠気が訪れる。人間のときの習慣からだろうか。

ロキはあまり睡眠を必要とせず、ただナザールのために寄り添って夜を過ごしてくれる。だからいつもは目覚めるとロキに見つめられていて、恥じらいつつも嬉しい朝が始まるのだが。

「ふふ」

ロキは眠っていても精悍《せいかん》で、見ているだけで喜びと愛情が湧き上がってくる。

彼のために新鮮な果物を搾《しぼ》った飲みものを用意しようと起き上がりかけ、違和感に気づいた。

「なに……？」

二人の体にかかっていた薄い毛布をめくり上げ、驚きで目を見開く。

ロキとナザールの体の間で、小さな黒髪の赤子と黒い仔獣が丸くなって眠っていたのである。

「これは……、ロ、ロキさま……。ロキさま、起きてください」

ロキを揺り動かすと、数度まぶたを痙攣《けいれん》させたあと、目を眇《すが》めて起き上がった。

「こんなに眠ったのは久しぶりだ」

こきこきと首を鳴らす。

ナザールはうろたえてロキの腕につかまり、赤子と仔獣を指さした。こんな稚《いとけな》い生きものたちが、どこから紛れ込んだのだろう。

「ロキさま、これは……？」

ロキはかすかに眉をひそめると、赤子を抱き上げた。

「これは俺の子だ。体の中でおまえと俺の精を練り合わせ、俺が産み落とした。慣れない力を使ったおかげで昨夜はよく眠れた」

「ええっ？」

見れば、白い肌と黒髪を持つ赤子は、ナザールによく似ている。昨夜の会話はただの戯れ言と思っていたが、まさか本気だったとは！

ロキは赤子をナザールに手渡した。ふっくらと健《すこ》やかな赤子の重みと熱を腕に感じると、ナザールの乳が自然に滲んだ。

「だが、こっちは……」

仔獣はロキの眷属と同じような、狼に酷似した形をしている。

ロキは丸くなって眠っている黒い仔獣に手を伸ばし、猫の仔のように首根の皮をつまんで持ち上げた。

瞬間、目を開けた仔獣が「フゥッ！」と威嚇《いかく》の唸《うな》りを上げ、体をひねってロキの腕に噛みつこうとする。

ロキは難なく仔獣の牙を躱《かわ》すと、自分の目の前にぶらさげて瞳を覗き込んだ。仔獣は手足をばたばたさせ、暴れてロキの手から逃れようとしている。

「ふ……」

ロキがおかしそうに笑いを漏らした。

「雄だな」

軽く放り投げると、仔獣はくるりと宙を回って寝台の上に着地する。怒りを露《あら》わにした目でロキを睨みつけ、頭を低くする姿勢で威嚇しながら牙を剝き出した。長い尻尾がゆらゆらと左右に揺れている。

「これはおまえが産んだ仔だ、ナザール」

「まさか……！」

赤子をロキの子と言われたときより驚いた。

ロキは唇の片端だけをつり上げ、にやにやしながら仔獣を見ている。

「俺の子が欲しいと強く念じただろう」

確かに昨夜は睦み言が頭に残って、ロキの子を腕に抱けたらどれだけ幸せかと思いながら眠りについた。

「神になったおまえには、子を作り出す力も生まれた。だがおまえの力はまだ不安定だ。だから人型ではなく、より生み出しやすい獣の形で生まれたのだ」

「そんな……」

無意識に赤子を産み落とすほど、自分はロキの子を欲していたのか。ロキに似た子を望んだ結果、仔獣がロキが獣に変化したときの体色と同じなのも納得できる。

しかし……。

「あの……、この仔はずっとこのままの姿なのでしょうか」

「眷属が獣の姿で生まれて人型に育つと同様、乳をやって育てれば、こやつも今に人型を取るだろう」

「そうですか……」

よかった。

獣の仔だからと差別するつもりはないが、育っても言葉が交わせなかったら寂しい。

「見ろ。眠りを邪魔されたからと、もう一人前に腹を立てている。俺を恐れることもなく。俺の子らしい」

そう言われると、小さな体で毛を逆立てる仔獣が可愛らしく感じる。

「一人娘のつもりだったが、面白いことになった。どんなふうに育つのか楽しみだ」

予想外の出来事のはずなのに、泰然《たいぜん》と構えるロキの頼もしさにあらためて惚れ直した。

「では、この子たちに名前をつけてあげないと」

ナザールの腕の中で揺り動かされた赤子が目を開いた。

ロキとナザールと同じ青い瞳を持った赤子は、ナザールを見ると小さな手を伸ばしてにっこりと笑った。


ロキとナザールの間に子どもが生まれたという報告を受けたハクにより、広間には二人の子を見ようと、その日のうちにいつもの面々が集まっていた。

「ナザールさまにそっくりですね」

「これはおれたちもお世話のしがいがあります」

ナザールの乳に吸いつく赤子を、ハクとジダンが感心したようにまじまじと眺める。

ヴェロンダがからかうような視線をロキに向けた。

「ロキさまがどれだけナザールさまを愛してるか知れようってもんね。あのロキさまが子どもまで産むなんて」

本当に、ロキの愛情深さには感謝しかない。

「で、なんて名前つけたの？」

ロキはあまり名づけに熱心でなく、ナザールが決めていいと言われたが、自分も人とのつき合いが浅かったせいで名前には詳しくない。

そこで。

「こちらの女の子がアムブロシア。男の子をネクタルと名づけました」

ナザールを神にしてくれた二つの食物の名である。

自分的に馴染みやすくていい。ロキも反対はしなかった。

「ロキさま、アムブロシアを抱いていてくださいますか」

ナザールの乳を腹いっぱい飲んで機嫌のいい赤子は、父親の腕に渡されるとけらけらと笑って手を叩いた。

「あなたも父親ですか。感慨深いですね」

バラーに言われ、ロキは片頬を歪めて笑った。

「おまえはひいじいさんだな、バラー。余計歳を取った気がするだろう」

「実際歳ですから」

バラーはまったく気にした様子はない。曾孫《ひまご》が可愛いらしく、自分の指を握らせてあやしている。

レイウスがちらりと目線を広間の床に投げた。

「あっちにも乳をやらなくていいのか。腹が減って気が立っているようだぞ」

視線の先では、ゆりかごに入れられたネクタルが、ここから出せと言わんばかりに唸り続けていた。ゆりかごはロキにより、ネクタルが飛び出せぬよう神力で小さな結界が張ってある。

ネクタルは全方位に怒りをぶつけているようだ。気性が荒く、うっかり飛び出して他の眷属を傷つけたり、彼自身も怪我をするといけないので、仕方なくそういう方法を取った。

獣の姿を取っていても我が子だと思うと、虐待している気持ちになって辛い。

ナザールはゆりかごに近づくと、可能な限りやさしい声で話しかけた。

「ネクタル、ゆりかごから出てもおとなしくしてもらえますか？　周囲の人たちはあなたを傷つけるつもりはありません。怒らないで」

ゆりかごに指を伸ばすと、ネクタルは唸りを止めて薄い舌でナザールの爪の先を舐めた。腹を空かせている仕草に、早く乳を与えてやりたくなった。

　とりあえずこの広間にいるのはロキとバラーとレイウス、ハク、ジダン、夜伽衆という高位の眷属と神なので、彼らなら万一ネクタルに襲いかかられても心配はない。それになにかあったらロキが止めてくれるだろう。

「いい子にしていてくださいね」

　慎重にゆりかごに手を入れてネクタルを抱き上げた。

　逃げ出されるかもと思ったが、空腹なネクタルはおとなしくナザールに身を任せている。

　ナザールがネクタルを膝に抱いて上衣の合わせ目を開くと、腹を空かせた仔獣は噛みつくように乳に吸いついてきた。

「つ……っ」

　ロキが動きかけたが、視線でそれを止める。

　腹が減っているだけだ。神の子であるネクタルに物理的な空腹はないはずだが、本能的に乳を飲んで成長することを知っている。

　早く育ちたいと、成長に飢えている様子が感じられた。

　ネクタルの吸引は、ロキのそれと同じくらい力強かった。乳首が尖るほど吸い出され、痛いほどだ。

「頼もしいですね、ネクタル。早く大きくおなりなさい」

まだ生まれたての仔獣なのに、体から発散する気が眷属の仔らとは明らかに違う。神の子なのだと、ナザールにもはっきりわかった。

自分が産み落とした自覚はないのに、必死に乳を吸う姿を見ていると、心の深い部分から温かなものが溢れてくる。獣の青い瞳と視線が合ったとき、思わずほほ笑んだ。

ネクタルが目を細め、安心したように体の力を抜いた。愛しくなって、首から肩を撫で下ろし、まだ薄い爪の生えている手をやさしく握った。

仔獣の尻を支える手でとんとんと体を叩き、小さな声で子守歌を口ずさむ。

眷属に乳をやっているときも愛しくてたまらないが、ネクタルにはなにか不思議に絡み合うものを感じる。これが血の絆《きずな》なのだろうか。

小さな手を握ったり離したりしていると、突然ネクタルの体がびくっと揺れた。

「ネクタル？」

一瞬で不安がナザールを襲う。

ネクタルは乳首から口を離すと、苦しげに体を小刻みに震わせ始めた。

「ネクタル……、ネクタル、どうしたのですか」

周囲がナザールに駆け寄ろうとしたとき、ネクタルは突然体を反転させて膝から飛び降りた。

と。

自分の見たものが信じられなかった。

小さな黒い仔獣は、床に降り立った途端、褐色の肌も露《あらわ》な少年に変わったのだ。

「……………ネクタル？」

人間で言えば十四、五歳に見える少年は、若木のような生命力を秘めたしなやかな体中に、ロキと同じ青黒い彫りものが浮かんでいた。

ぶるりと黒髪を散らして頭を振ると、凛《りん》と顎を上げる。その顔立ちも、ロキを少年にしたような不遜かつ怜悧《れいり》な美貌だった。若いぶんまだ幼さの残る顎の線と、丸みを帯びていながらもまなじりの切れ上がった目もとに、より勝気な印象を受ける。

さすがにみなが目を丸くする中、ネクタルは視界にナザールしか映っていないように真正面に立った。

少年とは思えない立派な男性器を隠すこともせず、椅子に座るナザールを見下ろす。

「母上」

声までも、ロキを若返らせたようだ。尾《び》てい骨にぞくりと来る。

ネクタルはおもむろにナザールの顎を取ったかと思うと、無遠慮に瞳を覗き込んできた。驚きのあまりつい隠すことを忘れていた心が、ネクタルの中に流れ込む。

「や、やめなさい……！」

失礼な行動に、顎にかけた手を払おうとした。だが逆に手首をつかまれ、体を引き寄せられる。

「あ……っ」

ほとんど顔が触れそうな距離に近づいたネクタルは、ロキに瓜二つの傲岸《ごうがん》な笑みを浮かべた。

「美しい……。母上。いや、ナザール。あなたを俺の妻にする」

今度こそ思考が止まるほど驚いたナザールは、重ねられそうな唇を避けることもできず、呆然と近づいてくるに任せた。

触れると思った瞬間、ネクタルの姿が視界からすっと消えた。

「つうっ……！」

どさりと音がして、気づけばネクタルは床に転がっていた。

ナザールのすぐ側《そば》には、アムブロシアを片腕に抱いたロキが立っている。不快げに目を眇め、冷たくネクタルを見下ろした。

「半人前のガキが。俺の花嫁に手を出すつもりなら、俺を殺せるくらいの力を手に入れてから来い」

ネクタルは猫が毛を逆立てるような攻撃的な空気を全身から発し、床に手をついたまま鋭くロキを睨み返す。

部屋の中の空気の圧が急速に高まり、耳鳴りがした。館全体がかたかたと震え出す。ロキとネクタルの神力がぶつかっているのだ。

眷属たちが、獣に姿を変えた。人型のままでは神の作り出す戦いの空間に耐えられなくなってきたのだろう。ナザールも耳の奥が痛み、たまらず両手で耳を塞いだ。人間だったら、もう圧死している。

泣き出したアムブロシアの声が、重い空気に混じる。

見えない手に握り潰されているかのように、ネクタルが苦痛に顔を歪め、額からだらだらと汗を流した。

「く……！」

ばちん！　と空気の中に電気が弾けるような衝撃が走り、ネクタルが床に転がった。少年だった姿は獣に戻り、くたりと倒れている。

「ネクタル！」

ナザールが慌てて走り寄り、小さな体を抱き上げた。気を失っているだけのようで、呼吸も心音もしっかりしている。

よかった。死んでしまったのかと思った。

冷静に考えれば、まさかロキが息子を殺すはずはないと思うが、あのネクタルの言動は危険だった。他神や人間だったら、ロキの怒りに触れて命を奪われていたかもしれない。

バラーが咎《とが》める目でロキを見た。

「まだ生まれて間もない子に大人げないですよ、ロキ。一瞬で意識を奪うこともできたのに、力を放出させて神力が尽くのを待つなんて」

「父親として、正面から相手をしてやっただけだ」

ふん、と鼻を鳴らして横を向く。ロキは泣いているアムブロシアをあやして両腕で揺すった。

レイウスがおかしそうに笑う。

「どうせ気に入らなかったのだろう、息子のくせにナザールを妻にすると宣言したことが」

ロキがぎらっと目を光らせてレイウスを睨んだ。

レイウスはにやにやとしながら、ロキとネクタルを交互に眺める。

「おまえにそっくりじゃないか。傲慢で生意気で気が強くて。生まれたてとは思えないほど力も強かった。ネクタルは間違いなくおまえの息子だよ、ロキ」

「……気に入らん」

「そういうのは同族嫌悪と言うんだ。私は嫌いではないよ。おまえのときのように遊びに連れ出してやってもいい」

そういえば、レイウスは若き日のロキを世界中連れ回して様々な遊びを教えたと言っていた。

「気に入らんのは、おまえだ！」

しゅっ、と風を切る音がして、レイウスに向かって燭台や花瓶が飛んでいく。

笑みを崩さないレイウスの周りで、それらが次々壁にぶつかったように床に落ちた。

バラーが呆れてため息を吐く。

「いい加減にしなさい、二人とも。ナザール、ネクタルを部屋で休ませてあげなさい。どうやら彼はあなたの乳で神力を充塡《じゅうてん》すると人型を取れるようです。力を使い果たしたので、数日は眠っているでしょう」

ナザールは腕の中の我が子を見下ろし、前途は多難そうだと心の中で嘆息した。


夜になると、ネクタルとアムブロシアは夜伽衆が面倒を見るために別室に連れて行き、ロキとナザールは寝室へ行った。

神の子は排泄や数時間おきの授乳が必要ではないが、遊び相手が要《い》る。ネクタルはまだ眠ったままなので、主にアムブロシアを世話してくれている。

アムブロシアにしても、どんな力を持っているかわからない。常に誰かの目が必要だ。

ナザールは寝台に並んで腰掛けたロキにもたれかかりながら、ぽつりと呟いた。

「……正直、戸惑っています。あなたに似た子が欲しいとは思いましたが、まさか、あんな……」

想像とはまったく違っていた。

アムブロシアのように、わかりやすい赤子を思い描いていた。そのアムブロシアにしても、人間の新生児よりはすでに大きく、表情豊かな可愛らしい盛りである。

ロキほど力が強ければ、生まれてくる子も自分の好きな年代にできるものらしい。アムブロシアは人間のように、段階的に育っていくという。

「神の子などあんなものだ」

ロキはさほど気にしていないようだ。

「そういうものですか……」

「ハルラールから聞いたことがあるだろうが、力の強い神は完全体で生まれることが多い」

自分もそう聞いた。生まれたときから完全な姿を持っている神もいれば、人間と同じく赤子から成長するもの、幼生から神へと変じるものなど様々だと。

強力な力を持つ神は完全体であることが多く、だからロキも生まれたときから今の姿だったらしい。

「あれだけの力を持っていれば、本来ならネクタルも完全体で生まれるところだが、おまえの力がまだ不安定なために中途半端になってしまったのだろう」

「わたしのせい……」

つき、と胸が痛んだ。ナザールの乳がなければ人の姿も取れぬなど、不便な体に産んでしまって心苦しい。

「問題ない。いずれ完全体に育つ」

「では、ずっとあのままではないのですか」

安心した。

「むしろあの状態で生まれてきてくれて幸いだったかも知れぬ。もし完全体だったら、あの性質だ。今頃おまえを奪い合ってひどい争いになっていた可能性もある」

「……あれは子どもの戯言でしょう? 母への思慕を、言葉知らずであのような言い方になったのかと」

そう、無理やり解釈して納得していた。

ロキはナザールを見てにやりと笑った。

「俺は本気と見たぞ。俺の息子が、おまえに惹《ひ》かれないなどあるわけがない。なにしろ俺にそっくりだからな」

ぽ、と頬を染めたナザールは下を向いた。

愛されているのは嬉しいが、別の不安が頭をもたげた。

「ロキさまは……、ネクタルのことを疎《うと》ましいとお感じですか？」

「なぜだ」

ロキが望んだ子ではない。アムブロシアのように赤子らしい愛らしさもなく、むしろロキに対して攻撃的で、ナザールを挟んで敵対視すらしているらしい。

もともと神同士は親子であっても愛情は希薄《きはく》であると以前ロキも言っていたし、あれほど容赦なくネクタルの神力を押し潰して獣に戻してしまった。

荒々しい性質であろうとも、ナザールにとっては愛しいロキとの愛息であるけれど。

「レイウスさまもおっしゃっていたように、わたしを妻にすると言ったことにご立腹ではありませんか？　だから神力を使い果たさせ、獣に戻してしまわれたのでは？」

ロキは笑みを深めてナザールの顎をすくった。

「こんなふうにおまえに触れたことは気に入らぬが、ひと目でおまえを選んだところは、さすが俺の息子と感心したぞ」

腰に腕を回され、体を密着されて胸が高鳴った。

「バラーにも言ったとおり、父親として手を抜かず、あいつの攻撃を正面から受け止めてやっただけだ。まだまだ子どもだが、成長が楽しみな強さがある。分別がつくようになれば、この上なく頼もしい神になるだろう」

ロキの瞳が遠い未来を見つめ、我が子の成長に心から期待しているのがわかって、ナザールの胸に喜びが満ちてくる。

ロキは自分などとは度量の大きさが違う。あらためて、夫の素晴らしさに誇らしい気持ちになった。

「あなたのように頼もしい神になってくれるよう、育てていきたいです」

ロキはナザールの頬を撫で、

「それになにより、愛しいおまえが俺の精を受けて産んだ子だ。疎ましいはずがあるか」

やわらかく唇を食まれて、ナザールの不安はすうっと消えていった。

角度を変えて何度も唇を味わわれ、自然に寝台に押し倒される。ナザールを見下ろすロキの目にどきりとした。

瞳に薄暗い光が宿っている。

「だが、おまえに触れられて少々嫉妬《しっと》もしたのは事実だ」

ロキはナザールの細い首をつかみ、軽く力を入れる。ロキの指が押している部分がどくどくと脈打ち、自然に慈悲を乞うような眼差しになってしまう。

「まさかとは思うが、あれの求婚に心動かされたりはしていまいな」

「ありえません……！」

首根を押さえられたまま、顔を横に振った。

ロキは酷薄《こくはく》そうに目を細める。

「どうだか。あの若く生命力に溢れた体を見たろう？　そのうえネクタルは俺に瓜二つだ。おまえが心惹かれても不思議はない」

「本気でおっしゃっているのですか？　あの子はわたしの息子です」

「神の世界では、親子や兄妹で契り合うなどいくらでもある。あれの中身はまだ赤子ゆえ、なにをしでかすかわからん」

そうだった。神々は人間とは倫理観が違う。

ナザールにその気がなくとも、ネクタルの方はわからない。息子とはいえ油断するなと釘を刺しているのだ。

「……あまり重く受け止めておりませんでした。ご忠告に感謝いたします」

親として、ネクタルを導いていかねばならない。

ロキは安心したように息を吐いて力を緩めた。そのまま寝衣の下に手を潜り込ませ、ナザールの肌を直接撫でる。

「さて、眷属に加えて子どもが二人も増えたからな。今まで以上に種を仕込んでやらないと」

のし掛かってきた男の重みを受け止めて、ナザールは今宵《こよい》も悦楽の渦《うず》に呑み込まれていった。

＊

「すごい」

ハルラールが、ネクタルが文章を書いた紙を手にして感心した声を上げた。

「こちらの本について内容を要約させたのですが、とてもわかりやすくきれいに纏まっている。昨日は数式の試験もしましたが、どれも正確に答えてありました。理解ももの覚えもよく、素晴らしい」

ネクタルが要約したという本は、ナザールも読んだことがある。紙を見せてもらうと、確かに過不足なく纏まっていた。

文章を要約するという作業は慣れていないととても難しい。まだ生まれて二ヶ月も経《た》っていないのに、地頭がよいのだろう。力を使いすぎると獣に戻ってしまうこともあるが、最近では、ほとんどの時間を人型で過ごせるようになってきた。

ハルラールに褒められても、ネクタルは関心なさげに頬杖をついて横を向いたままだ。

「ありがとうございます、先生」

代わりにナザールが礼を言う。

ハルラールはちらりとネクタルを見て、言葉を継いだ。

「反面、感想などを求められるのは苦手ですね。なにを尋ねても、知らない、興味ない、なにも思わないと返事が返ってきてしまいます」

なんとなくわかる。

我が強すぎて周囲に馴染めないネクタルは、相手の気持ちを推し量ったり、自分の内に問いかけて想像するのが不得手なのだろう。

とんとん、と部屋の扉が叩かれて、ラヴィが入ってきた。

生真面目な青年はきっちりとした動作でナザールに頭を下げてから、ネクタルに向き直った。

「ネクタルさま、剣の稽古《けいこ》のお時間です」

ネクタルは待っていたとばかりに椅子を倒す勢いで立ち上がると、腕を上げて背中の筋を伸ばした。

「やっとか。勉強はもう飽きた。体を動かす方が性に合う」

言うと、さっさと部屋を出て行ってしまった。

ネクタルを追って部屋を出ようとしたラヴィに、ナザールは後ろから声をかける。

「ラヴィ、ネクタルはご迷惑をおかけしていないでしょうか」

あの気性に剣を持たせたら危ないのでは、と少々心配に思っている。

「今のところ問題ありません。力が強く剣の筋もよく、さすがロキさまのお子としか」

「そうですか。くれぐれも怪我のないようよろしくお願いいたします」

ネクタルとラヴィ、どちらにも言えることだ。

ラヴィは「承知しました」と答え、また丁寧に頭を下げてから出て行った。

ハルラールが笑いながらナザールに椅子を勧める。

「ご心配いりませんよ。ネクタルさまのことは常に数人で見ておりますから。なにかあればすぐにロキさまに連絡が行くようにもしておりますし」

「わたしは過保護でしょうか」

「親なら自然な感情です」

ハルラールに肯定《こうてい》され、安堵して椅子に腰を下ろした。

ネクタルは周囲と協調する姿勢に乏しく、己の興味のないことにはまったく関心を示さない。感情の起伏も激しく、ロキに言わせれば〝実に神らしい〟性質を持っている。

ロキの眷属たちとも自分からはまったく馴染もうとせず、ナザールはネクタルを見ているとはらはらしてしまう。

なんとか勉強と剣の稽古の約束だけはネクタルに取りつけたが、あんな態度なのでせっかく教えてくれるハルラールやラヴィに申し訳ない。

ロキの若い頃もあんなものだったと、レイウスは笑いながら言っていたが。

この子はこの先大丈夫だろうか、辛い目に遭《あ》わないだろうかと、心配で居ても立ってもいられない気持ちになる。

世の中の親たちはこんな気持ちなのだろうかと、ハルラールの淹れてくれた茶を飲みながらため息をついた。


光が降り注ぐ森に、楽しそうな声が響く。

「あにうえ、あそぼ」

三歳ほどの外見になっているアムブロシアが、縄を輪状にした投げ輪の束をネクタルに差し出す。投げ輪遊びは、最近のアムブロシアの気に入りである。

ネクタルは投げ輪を受け取りながら、後ろで一本の三つ編みをしたアムブロシアの頭を撫でた。

「いいぞ。兄上が手伝ってやるから、今日はたくさん枝に入るといいな」

「うん！」

アムブロシアは思い切り首を縦に振って、嬉しそうに笑う。

それを見ているネクタルの表情もまた、やわらかくやさしい笑みを浮かべている。

「こうしていると、ほほ笑ましいご兄妹なんですがね」

「ジダン」

ナザールの傍《かたわ》らで二人の兄妹を見つめていたジダンが、小さな声で言う。

アムブロシアは眷属と同じように一足飛びに成長し、二ヶ月もすると愛らしい幼児になった。

舌足らずにおしゃべりをし、甘えん坊で誰にでも懐くのがとても可愛い。

他人には無関心か攻撃的なことが多いネクタルも、妹のことは溺愛《できあい》している。飲食は必要ないと知りながら甘い果物や菓子を食べさせたり、髪を編んでやったり遊んだりと、とかく妹の世話は厭《いと》わない。

ネクタルの年齢相応の無邪気な笑顔が見られるのは、アムブロシアの前だけと言っていい。

「ロキさまがナザールさまをお可愛がりになる姿とよく似ています」

「そうですか？」

あそこまでだろうか。

いや、そうかも知れない。なにしろロキは、誰の前でもナザールへの愛情表現をためらわない。

端から見るとこんなふうなのかと、ちょっと気恥ずかしくなった。

「ほらアムブロシア、次はあの枝だ。投げろ！」

ネクタルが妹を抱き上げ、高い木の枝を指す。

とてもアムブロシアの力では届かない枝だが、小さな手が投げ輪を放ると、輪はまるで風に乗ったように狙った木の枝まで飛んで引っかかった。

「やった！　上手いぞ！」

ネクタルはアムブロシアを褒め、抱きしめたままくるくると回る。アムブロシアは楽しそうな笑い声を上げ、大好きな兄にしがみついて頬をくっつけた。

どう見てもネクタルが神力で枝まで飛ばしたのだが、二人が楽しいのだからそれでいいのだと思う。

ナザールと似ているのが関係しているかはわからないが、ネクタルはとにかく妹が可愛くて仕方ないらしい。ああしているのを見ると、妹思いのただの少年のようだ。

ネクタルはときおり獣の姿になって妹と追いかけっこをしたり、飽きずに遊んでいる。

はじめのうちこそネクタルは頻繁に獣の姿に戻ってしまっていたが、最近では神力を蓄《たくわ》えて自在に変化できるようになってきた。

それでも長いことナザールの乳を飲まなければ人の姿は保てない。先日バラーとともに「新婚旅行のあと、田舎暮らしをする」と浮かれて旅立っていったレイウスは、乳の心配がなくなった

ら遊びに来させろと言ってくれたが、いつになることか。

やがて遊び疲れた二人は、ナザールのもとに戻ってきた。

「ははうえ」

アムブロシアが差し出した手には、可憐《かれん》な白い花が一輪握られていた。

「ありがとう、アムブロシア」

頭を撫でると、アムブロシアは満足げに笑った。

我が子から花を贈られる。なにげなくも至上の幸せに、ナザールの心は温かなもので満たされる。

アムブロシアを腕に抱き、乳をやりながらさらさらとした黒髪を撫でた。

神は眷属と違い、基本的には乳がなくとも育つ。その代わり、人間からの信仰や畏怖《いふ》といった別の栄養素が必要だったり、乳を飲むよりずっと成長が遅かったりする。また食事を得られなかった人間と同じく、消滅してしまうこともあるという。

「ふあ……」

ナザールの胸から口を離したアムブロシアは、眠そうに目をこすった。満腹になって眠気が出たらしい。

ジダンが両手を差し出した。

「おれが抱いていましょう」

「ありがとう、お願いします」

数歩離れた木の下に座ってアムブロシアの授乳が終わるのを待っていたネクタルが、次は自分の番だと立ち上がって近づいてきた。

かがみ込んで胸に顔を寄せるのを、ナザールはやんわりと手で遮る。

「ネクタル、約束です。獣の姿になりなさい」

ネクタルは挑戦的に唇をつり上げた。そんな表情は本当にロキそっくりだ。

「いいだろう、このままでも？　それとも息子に乳を与えるのになにか問題が、ナザール？」

ときおりナザールをからかうように名前で呼んでくることがある。単にナザールの反応を面白がっているのか、男としての立場を強調しているのか。

「わたしを名前で呼ぶのはやめなさい」

ナザールに咎められ、ネクタルは関係を揶揄《やゆ》するように、

「ははうえ」

とわざとゆっくり言った。

眷属の子らは、数回に分けて一気に成長を遂げる。獣姿の赤子から幼児、十に満たない程度の少年少女、そして大人へ。

だからネクタルのような、十代も半ばの容姿の少年に乳を与えることはない。自分の子とはいえ、すでに恋人がいてもおかしくない年齢に見える少年に乳首を咥えさせるのは抵抗がある。ましてや一度はナザールを妻にすると宣言しているのだ。

乳は与える。その代わり教師をつけること、授乳時には獣になることを約束させた。

「獣にならないなら、あげません。父上にも言われているはずです」

きっぱりと断る。

アムブロシアと同じ子どもなのに、可哀想《かわいそう》だと思う気持ちもある。けれどこれはロキとも話し合って決めたことだ。

内心どう思っているかは知れないが、力ではまったく父に及ばないネクタルは、今のところロキには逆らわない。

ネクタルはつまらなそうに顔を離すと、ふいに獣に変わった。

ナザールの乳首を獣の口で覆い、器用に吸引し出す。

乳を吸う姿は眷属の仔らと変わらず愛らしく見えた。

4.

どさっ！

とラヴィの小柄な体が地面に転がり、土煙がもうと立ち上った。

その姿を、上半身裸になって剣を持った少年神が見下ろしている。しなやかな体には汗ひとつかいていない。

褐色の肌に浮かぶ彫りものが、青黒い炎に見えた。ネクタルの口もとに、尊大な笑みが浮かんでいる。

ラヴィは痺れた腕を庇《かば》いながら身を起こした。

「参りました」

片膝をつき、頭を下げる。

ネクタルは剣をひゅんとひと振り横薙《よこな》ぎにすると、ラヴィに興味を失くしたように背を向けて歩き出した。

ヴェロンダが地面に落ちたラヴィの剣を拾い、膝をついたままでいるラヴィに手を差し出した。

「大丈夫？　立てる？」

ラヴィはヴェロンダの手を取り、よろめきながら立ち上がる。

「すごいね、ラヴィと剣で競り勝つなんて」

「もう私ではネクタルさまにお教えすることはできません」

ラヴィは頬を汚した土を拭いながら、ネクタルの背中を見送った。

日頃感情をほとんど表に出さないラヴィの瞳に、悔しげな色が浮かんでいる。ロキの眷属の中でも剣の腕は随一と自他ともに認めるラヴィには、初めての経験に違いない。

これで折れるほど弱い心の持ち主であればロキの夜伽衆は務まらないだろうが、生真面目な彼が気にしすぎねばよいが。

ネクタルは日に日に力を増し、四ヶ月も経った今では、もはや眷属たちでは手に余る部分も出てきた。獣に変化した姿も中型動物程度になっている。

今は眷属の中でも能力の高いハクとジダン、夜伽衆の四人が交代で様子を見ているが、このままではいずれ彼らでもネクタルを扱うのは難しくなるだろう。

ネクタルは有り余る力を発散するため、ときおり神界の岩山を突き崩したり、湖の水を割ったりしているらしい。

ロキも若い頃は獅子を狩ったり火山を噴火させる遊びをしていたというから、正しくロキの子である。幸い神界はロキの力によって守られているので、ネクタルがいくら暴れようと人間界に影響はない。

「ヴェロンダ、あの子はどうなってしまうんでしょうか」

よく言えば豪胆、悪く言えば傍若無人《ぼうじゃくぶじん》。

「んー、ロキさまがいるんだし、神界にいる限りは心配することないんじゃない？　守り神になりたての頃のロキさま思い出して、あたしは好きだけどなぁ。頼もしくて魅力的だよ」

好意的な意見に、少し安心した。

「もう少し人の心を慮《おもんぱか》ってくれるようになると嬉しいのですが」

「子どもなんて、世界は自分中心に回ってる生きものよ？　あんなもんでしょ。しかもあれだけ力持ってたら自信満々になるって。ああ見えてネクタルさまの中身はまだ幼児同然なのよ」

それはそうなのだが、息子が孤立しないかと心配になる。

「アムブロシアさまにはいいお兄ちゃんなんだから、まったく人の気持ちを理解しないわけじゃないと思う。自分の眷属を持つようにでもなれば、周りに気を配れるようになるよ」

ネクタルがアムブロシアを可愛がっている姿を思い出すと、それもそうかという気になった。

ネクタルはしょっちゅう妹を遊びに連れ出し、大事に扱っている。決して野放図《のほうず》なだけではないのだ。

他人に言われてやっと心配が薄れるなど、自分は親失格なのではないかと残念になる。でも自分の子のことになると、ちょっとしたことに一喜一憂してしまって、正常な判断ができなくなってしまう。

ハルラールに相談したら、親とはそういうものだと慰められたが。

自分は実の両親に顧《かえり》みられず乳母に育てられ、その乳母の手を煩《わずら》わせないよう懸命にいい子でいようと努力してきたから、ネクタルのように周囲を気にしない性格がわからない。自分の子であっても別人格なのだと、当たり前のことをあらためて実感している。

は、とため息をついたナザールのもとへ、アムブロシアがハクに手を引かれてやってきた。

「ははうえ、おちち」

無邪気な愛娘の笑顔にホッとして、ナザールはアムブロシアを抱き上げた。

「ええ、では館に戻りましょうか」

お乳をあげ終わったらアムブロシアをネクタルのところに連れて行こうと決め、ナザールは館に向かって歩き出した。


ネクタルがもの憂《う》げな表情をすることがあると気づいたのは、ここ数日だった。

最近ネクタルが落ち着かない行動をすることがある。いらいらしていたかと思うと考え込んでいたり、急に獣になって森に駆けていってしまうこともある。

なにより、ロキに対して反抗的な態度を取ることが多くなった。はじめに父の力で神力を押さえつけられてからは、表面上はおとなしくロキに従っていたのに。

「人間でもあの年頃の少年によく見られる、周囲に対して反抗をする時期というものでしょうか？」

寝台に並んで腰をかけ、ナザールは首を傾げながらロキに尋ねた。

読書で仕入れた知識だが、自分はそういう時期がなかったからわからない。なにをどうしたら周囲に当たり散らしたくなる気持ちになるのか。

それでも変わらず妹にだけはやさしいので、そこはよかったと思う。

ロキもハクやジダンから報告があったようで、すでに聞き及んでいるようだった。

「俺も同じ時期があった記憶がある」

「ロキさまも？」

ロキはにやりと笑うとナザールの顎下を指でくすぐった。

「自慰も知らなかったおまえには想像もつかないか。性徴《せいちょう》だ。発情の兆《きざ》しが現れている。ネクタルもそろそろ自慰を覚えた頃ではないか」

「発情……？」

まったく思いつかなかった。

「剣を振るったり暴れたりすることで発散していたようだが、快楽を覚えたら肉体を求めるようになるぞ。なにせ神はもともと快楽主義者が多い」

「どうすればいいのでしょう」

人間界に降りればたくさんの男女がいるが、神界では。

「無理やりでなければ、あれが誰とまぐわおうが構わぬ。眷属の中でその気になる者がいればそれもよし、神殿を訪れる他神を誘惑するもよし。なんなら森には獣もいる」

ただし、とロキはナザールを引き寄せた。

「おまえ以外ならだ」

熱く口づけられ、ナザールの体は簡単に燃え上がる。

「愛している、ナザール……」

吐息を絡めながら、口づけの合間にロキがささやく。

「わたしもです……」

ナザールも自分からロキの頭を抱き寄せ、口づけを深めた。ロキの情熱に応えて、ナザールの張り詰めた乳首から溢れた乳が寝衣を濡らす。

乳で濡れた薄い布地を、うっすらと色を透かして勃ち上がった乳首が押し上げる。布の上からそこに舌を這わされ、直接舐められるのとは違う刺激に肌が粟立《あわだ》った。

「あ……」

布越しに吸われると、乳首の先端に生地がかすかにこすれて慣れない刺激になる。

執拗に舐められ、甘噛みされ、吸い出されては小さな悲鳴を上げた。

「あうっ……、あん……、だめ……、もう、ちょ、ちょくせつ……、なめて、ほしい……」

焦《じ》らされて高まった性感が、もっと強い快感が欲しいと訴えている。

「舐めて欲しいところを自分で晒せ」

傲慢な命令は、ナザールの心を蕩かせて快楽に引きずり込むロキの前戯だ。

ナザールは前合わせの寝衣の襟の片側だけを開き、肩を滑らせてぷっくりと膨れた胸粒をさらけ出した。

「ここ……、なめてください……」

羞恥に目の縁を赤く染め、涙を浮かべたナザールのいたいけな姿に、ロキの欲情がぶわりと盛り上がった。

「おまえとのまぐわいは、性交を覚えたてのガキの頃より夢中になる」

腰を抱かれ、きつく乳首を吸い上げられて背をわななかせた。

吸い出されていく乳の量と比例するように、ナザールの快感が膨れ上がる。脳髄まで痺れるような快感に、自然に開いた唇が震えた。

ごく、とロキがのどを鳴らせば、自分を味わわれているという興奮に腰奥がむずむずする。まだ寝衣に覆われている片胸がしとどに濡れて、乳が布のすき間で腹まで垂れ落ちた。

体に張りつく寝衣を、ロキが荒々しく剥いた。

片方の乳首はロキの吸引で赤く色づいている。もう一方の清楚な色合いとの落差が、余計にいやらしさを感じさせた。

ロキの視線に晒されているだけで、どちらの乳首からも白い蜜がたらたらと溢れてくる。腹の下では、すでに勃ち上がり切った花芯が愛撫を待ち望んでいた。

ロキはナザールの肩を抱き、こめかみに口づけながら意地の悪いことを言う。

「おまえが可愛いから虐めたい、と言ったらいやか？」

こめかみに触れる甘い感触とは正反対のひどい言葉なのに、ナザールは興奮で胸を膨らませた。

だってロキがナザールを痛めつけるだけなんてありえない。もし仮に淫虐を与えられるだけだとしても、ロキからならなんでも受け入れるが。

でも了承の言葉を発するのは虐めて欲しがっているようで恥ずかしくて、かろうじて首を横に振っていやじゃないと意思表示をする。

かすかに笑ったロキの吐息が、耳朶をくすぐる。

「おまえの乳首が射精するところを見たい」

淫言に、かあっとナザールの頰が赤くなった。

ナザールは陰茎からの射精を伴わず達するとき、代わりのように乳首から乳を噴出させてしまう。乳首が蕩けるような快楽を味わうそれは、両乳首からの射精と変わらない。

つまり、陰茎を刺激せずに達せよと命令されているのだ。

「おまえも上手に後ろだけで達せられるようになったろう？」

あやすように唇を吸われ、ロキを見上げた瞳が媚びに潤んでいるのがわかる。これでは虐めてくださいと言っているようなものだ。

ロキは中指と人差し指にたっぷりと乳を絡めると、それをナザールの口に押し込んできた。薄ら甘い乳を舐め取りながら、求められるままロキの指をしゃぶった。

ロキがナザールの顔を覗き込んでくる。今宵はナザールの反応を楽しみながらすると決めたらしい。

ロキの太い指は二本でもナザールの小さな唇の形を歪めてしまう。男根に奉仕する顔を、間近で眺められているのと同じだ。

「ん……」

太くても一本の男根と違って、二本の指は舐めにくい。吸うとどうしても間に空気が入って、ずぞぞ……、じゅる……、と、みっともない音が立つ。

またロキが傍若無人に指を動かすから、それを懸命に追う自分だけが舐めたがりのいやらしい性質のようで。

「いじわる……、しない、で……、んんぅっ！」

のど奥を撫でられ、えずきかけた。

そこはいつも口淫するとき、ロキの男根の先端が当たる部分だ。そこからのどを開き、雄を奥まで受け入れることを教えられた。狭いのどの輪をゆっくりと往復されると、ナザールののど奥が先端を締めつける。

その感触が好いと、ロキは口淫を好む。淫らな体に仕立て上げられたナザールもまた、意識が遠のくほど苦しいその口淫に夢中になってしまう。

吐き気が疑似口淫を本当の雄に奉仕しているように錯覚させ、ナザールの理性を奪って没頭させる。

「んぅ……、んん……、は……、ぁぁ、ロキさま……、ロキさま……」

自らロキの手をつかんで固定し、夢中でしゃぶった。

口の中で指を広げられ、上顎や舌のつけ根を撫でられ、口腔をかき混ぜられて唾液が溢れる。

「おまえはどんなに乱れた顔をしていても美しい」

涙が浮かぶほど恥ずかしいのに、ロキがうっとりとナザールを見るからやめられない。

ロキの指が口から引き抜かれるのを、名残惜しげに見送った。

指とナザールの唇の間に、ねっとりとした透明な蜜が糸を引く。唇から零れた唾液が、顎までしたたって濡らしていた。

「拭うな。そのままの方がいやらしくていい」

唇からは唾液を、乳首からは乳をしたたらせながら拭うことも許されないナザールは、すっかり淫欲の奴隷のようだ。

さらに容赦なく脚を両側に開かせられ、弄《いじ》りやすいよう腰を前に突き出して座らせられる。

「あ……、あああ……」

ナザールの粘液を纏った中指が、さしたる抵抗もなく挿入ってくる。

「熱いな」

言われると、根もとまで埋められた指をきゅっと締めつけてしまう。

自分の興奮を知らされているようで、余計息が上がる。羞恥に塗れながら恍惚とする、こんな表情は愛する夫にしか見せない。

「ほら、二本目も簡単に挿入っていく」

人差し指も呑み込まされ、淫穴が淫らな形に口を開く。

中で指を動かされれば、くちゅくちゅと口内でしゃぶっているような音がした。

「は……、あん……、あぁ……」

隠すもののない花茎は、先端が下腹につくほど若芽のように反り返っている。その下でしこる双玉を、ロキが後孔を指で犯したまま手のひらで包み、こね始めた。

「ひあっ……！　ああ……、いい……、ロキさま……！」

残った三本の指で双つの精嚢《せいのう》をこりこりとこすり合わされ、細いのどを晒しながら悶《もだ》えた。精の詰まった袋を揉まれると、押し出されるように亀頭の先端から透明な体液が滲む。射精感が膨れ上がり、出口を求めた精が茎を伝い上ろうとする。

「出すなよ」

命ぜられ、無意識に射精に向かって揺れ始めていた腰に慌てて力を込める。

昂《たか》ぶりを逃して切ない息をつくナザールに、ロキは意地悪に問う。

「おまえが射精していいのはどこだった？」

さんざん痴態を晒しておきながらも、口に出せと言われると別の羞恥に襲われる。

耳をそばだてていなければ聞こえぬほどの小さな声で、間近で顔を覗き込むロキの目を見ないよう言った。

「ち……、乳首、です……」

顔面が燃え上がるほどの羞恥で声を詰まらせながら、それでも望まれる言葉を口にした。

「乳首で……、しゃ、射精……、させて、ください……」

思わず目を閉じたナザールのまなじりから、涙がひと粒零れ落ちる。

ロキはそれを唇で拭うと、褒めるようにナザールの両乳首をちゅっと吸った。じん……、と乳首が痺れ、腰から快楽の道筋が繋がった。

「そう、ここからだ。いい子だ、ナザール。できるな?」

最後に唇を吸われ、甘い眼差しで見つめられて胸がきゅんと鳴る。ロキは虐めると言っても、ナザールを甘やかして可愛がることを忘れない。やさしい愛撫の中に刺激を織り込んで、より快感を強めるのと同じ手管だ。

うなずくと、ナザールの内に埋められた指が淫猥な動きを始めた。

「あ……!」

かりっ、と前壁のしこりを引っかかれ、腰が跳ねた。途端、強烈な快楽の痺れが下腹に広がった。指の腹で強く撫でられ、仰け反るほどの快感に悲鳴を上げる。

中に含ませた指と会陰《えいん》を押す親指で、内と外からぐりぐりと肉をこねられて腰をよじった。親指は会陰から雄茎のつけ根までをきつくこすり、濃厚な刺激にナザールのつま先が引き攣《つ》れる。

「ひいっ、あああ……！　それ……っ、そこ、は……、つよいっ、あああああ――――……！」

いちばん感じる内側の膨らみは、指で複雑にこね回されればひとたまりもない。

射精を待つ乳頭が震えながらぽたぽたと白蜜を零している。溜まり切った欲望が乳に混ざり、出口を目指して胸まで駆け上る。

ナザールの跳ねる腰を押さえるように、ロキが雄茎の根もとを強く握った。

「いあああ……っ！」

ますます指の動きが速く執拗になり、ナザールの全身が、がくがくと揺れる。

この快楽の逃す先を知っている。

神の花嫁だけの特殊な射精場所。解放を求める胸の先端が、痛いほど疼く。熱が溜まる。熱くて、痛くて、今にも爆発しそうに膨れて――。

「愛している、ナザール」

聞いた瞬間、膨れた乳首の先から、快楽が乳となって迸《ほとばし》った。

「あーーーー……っ、っ、っ！」

断続的に噴出する乳が、ロキと自分の体をびしゃびしゃと濡らしていった。生温かさと甘い乳の匂いに、頭の芯がくらくらするほど感じる。

噴出が終わってもたらたらと乳を零し続ける乳首を、ロキが舌で拭った。

「ん……」

射精後に残った精を吸い出されるのと同じように、尖った乳首を吸われるのは心地いい。

「可愛かった、ナザール。おまえほど俺を興奮させる相手は他にいない」

言葉どおり、ロキの劣情は太り切って天を向いている。そのたくましい剛棒もナザールの乳で濡れていた。

ロキが手を離すと、血の溜まったナザールの陰茎がじくりと痛んだ。赤く腫れ上がり、自分も解放してくれと先端から涙を零している。

「可哀想に、こんなに辛そうになって。ちゃんと可愛がってやらないとな」

虐めたのはロキなのに。

甘やかされれば、すぐに忘れて愛しい熱を待ち望んでしまう。

ナザールの雄を口に含もうとかがんだロキを、そっと止めた。

「わたしもしたい……、です」

だってロキの雄ももう爆発寸前だ。自分もあれを味わって、なだめてやりたい。

自分だけが奉仕するつもりでいたが、ロキはナザールの腕を引くと、寝そべって自分の顔を跨ぐ格好を取らせた。ナザールの顔が、ロキの脚の間に来る形で。

「あ……」

鼻先で勃ち上がる男根が、ナザールの乳で濡れている。ナザールの吐息がかかると、舐めて欲しそうにひくりと揺れた。

蒸れるほどの熱に誘われ、たくましい冠の縁に舌を伸ばす。ぐるりと舐めると、乳とロキの先走りの体液が混じった淫猥な味がした。

「ふあ……」

自分とロキが混じり合った味だと思うと、とろっと心が溶けてしまいそうだ。

舐め取るように太い茎にも舌を這わせれば、ロキも合わせてナザールの裏筋を舌先で舐め上げた。

「あうっ……！」

びくんと白い尻が揺れる。

なだめるように尻たぶを両手で揉まれ、ロキの手の熱さが心地よくてため息をついた。手はいやらしく腿の裏側から内側を撫で回す。

それだけで感じてしまって、体から力が抜けた。ロキはナザールの下肢を撫でながら舐め始める。ときおり歯を立てられ、そのたび体に熱が点《とも》った。

ナザールの下肢はくまなく舐められ、尻も内腿も陰茎も、ぜんぶロキの匂いに染められる。ロキの雄は長大で、ナザールは肉茎に奉仕するだけで精いっぱいだ。

ロキの舌が後孔に潜り込んだとき、たまらずロキの上にくずおれた。

「や……、だめ……、そこは、されると……、できません……」

先ほど指で弄られた粘膜は熱を溜め、ぐずぐずに蕩けてさらなる蹂躙《じゅうりん》を待ちわびている。尖らせた舌を抜き挿《さ》しされると、腰の奥が疼いてたまらなくなった。

「やあっ、いや……！　もう、ほしい……！」

「こっちはいいのか？」

昂ぶった充血を下から撫でられ、尻を震わせながらがくがくと首を縦に振った。

「あとで……っ！」

満足げに笑ったロキが、体を起こしてナザールを寝台に押し倒す。

「前も可愛がってやれる形で抱いてやろう」

仰向けにしたナザールの両膝をこれ以上ないほど開かせ、ゆっくりと雄を挿入していく。

「ああ……、あつい……」

納め切ったロキの熱さに、腹に温石《おんじゃく》を抱えているようで深く息をつく。

ロキの手が、ナザールの雄茎を包み込んだ。

「あっ……！」

芯に快感が走り、咥え込んだロキを締めつけた。

そのまま扱《しご》き立てられると、鮮烈な快感に勝手に腰が動いた。

「ああっ、ああ、いい……っ！　これ、すごい……、ああ、やあっ……！」

手の動きに合わせて孔で肉棒を扱いてしまい、さっき弄られた前壁のしこりと同時に味わう快楽に熱中して腰を揺らした。

「可愛いナザール。このまま達《い》け」

焦らすことなく射精を促され、ナザールは白い欲情をまき散らした。


アムブロシアの外見は、人間で言えば五、六歳だろうか。同じ年頃に見える眷属の子らと走り回り、川で水浴びをしたり、女の子らしく人形遊びをすることも増えてきた。

同じ四ヶ月でもネクタルの外見は十四、五歳のままほとんど変わらず、アムブロシアはどんどん育ってきている。神の成長の仕方はそれぞれだというが、本当にそうだなとナザールは思った。

アムブロシアは天性の人懐こさで、誰とでもすぐに仲よくなる。完璧に愛らしい顔立ちでほほ笑めば、見る者の心を晴れやかな光で満たした。

彼女といるとみんな自然に笑顔になり、その愛らしさに魅了されてしまう。まるで生まれつき人を惹きつける能力を持っているようだった。だからネクタルも、アムブロシアにだけは甘いのかもしれない。

そのネクタルの姿を、数日見かけていない。ネクタルには交代で見張りをつけていたが、鬱陶《うっとう》しがるネクタルによって振り切られてしまった。

神界にいる以上、危ないことがあればすぐにわかるから心配はいらないとロキは言うのだが、やはり気になってしまって乳の出が悪くなっている。

川遊びをするアムブロシアを見つめていたナザールを、ヴェロンダが振り向いた。

「ここはあたしが見てるから、ナザールさま館に戻ってなよ。ネクタルさまが帰ってきてなくて心配であんまり休めてないんでしょ」

数日、ネクタルに乳をあげられていない。

ネクタルは体に蓄えた神力ですでに頻繁な授乳は必要なくなっているが、子どもの心配をしてしまうのは親なら当然だろう。

「ありがとう、ヴェロンダ。ではよろしくお願いします」

ヴェロンダの言葉に甘え、ナザールは館に戻ってきた。

人間のときの習慣で美味しい茶が飲みたくなり、ハルラールの部屋を訪れる。彼の茶は、他の誰が淹れたものより美味しい。

ハルラール自身が茶葉に凝《こ》っていることもあり、飲食が必要なくなった今でも、彼の茶は飲みたくなる。

「いいところにいらっしゃいました、ナザールさま。ちょうどお茶の時間にするところです」

「ご一緒させていただいていいでしょうか」

部屋には神殿からロキの使いでやってきたハクとジダン、夜伽衆の筆頭でハルラールと仲のよいリリアナがいた。

リリアナはハクとジダンの母親だが、男性なら目を奪われずにいられない見事な体の曲線を持っている。それでいて気品に満ち溢れているのは、姿勢が美しく所作が飛び抜けて優雅だからだろう。

「歓迎いたしますよ」

ほほ笑まれ、礼を言って椅子にかけた。

「ハクとジダンは、ロキさまのお使いですか？」

いつも一緒にいることが当たり前になっている双子は、大抵二人揃って行動する。

「ええ。ロキさまからナザールさまへの贈りものを届けに参りました」

「おれたちもナザールさまのお顔が見たかったので」

目を丸くした。

贈りものを届けるために、わざわざ？

「こちらです」

二人が差し出したのは、満月のように平たく丸い胴から首が伸びている、幾本かの弦を張った楽器だった。見たことのない異国風である。

「琴……、でしょうか」

「他国から訪れた神々の一団が、神帝に献上したものです」

大変美しい造形だが、弾き方がわからない。

と思ったとき。

「これは……」

琴の弦が勝手に揺れて、美しい音色を奏で始めた。

心が洗われるような清らかな音で、目を閉じて聞き入りたくなるやさしい曲を奏でている。よく見れば、弦の間を半透明の小さな精霊たちが飛んでは揺らしていた。

曲が終わると、精霊たちはすうっと消えていった。

「近頃ナザールさまにお元気がないご様子でしたので、ナザールさまが喜ぶだろうと」

「すぐに持っていけと言われました」

手渡され、ロキの心遣いに泣きそうになった。なんてやさしい夫だろう。

ハクとジダンもナザールを心配してくれていたのがわかる。だから部下に任せず二人で来たのだ。

「ありがとうございます……。夜になったらロキさまにもお礼を申し上げますが、わたしが感激していたと伝えてください」

いただいた琴を大事に胸に抱いたとき。

声かけもなく、突然部屋の扉が開かれた。

「ネクタル！」

憮然《ぶぜん》とした表情で入ってきたのは、数日姿の見えなかったネクタルだった。

飢えたような、どこかギラつく目をしている。

ネクタルは部屋にいるナザール以外の人々を順に見ると、尊大に顎を上げた。

「誰でもいい。伽の相手をしろ」

ナザールは動揺して、慌てて椅子から立ち上がる。

「なにを言っているのです！」

近づこうとしたナザールを、リリアナの手が止めた。ネクタルはふいとナザールから視線を外し、ハクとジダンを見る。

「そこの双子。纏めて抱いてやる。来い」

指名された二人は冷たい目でネクタルを見、ハクが甘えるようにジダンの肩に頭をもたせかけた。ネクタルに視線を据えたまま、からかうような笑みを浮かべる。

「どうしようか、ジダン？　ロキさまほど楽しませてはもらえなさそうだが」

「おれたちは抱くのも抱かれるのも、おれたち二人で満足してるからな。楽しめそうならともかく、今さら子どもの相手も面倒だ」

そして二人で濃密に視線を絡めてからもう一度ネクタルを見て、声を揃えて言った。

「「お断りします、ネクタルさま」」

ネクタルは剣呑な目で二人を睨んだ。体からゆらりと神気が立ち上る。

いけない！

ナザールが飛び出す前に、リリアナがすいとネクタルの前に進み出た。豊満な肢体を際立たせる、胸と腰を強調した歩き方で。ネクタルの視線が、明らかにリリアナに吸い込まれる。

リリアナは艶《なま》めかしい動きでネクタルの耳にかかった髪をすくい、そのまま誘うように耳朶を指で挟んだ。

「お若い頃のロキさまにそっくり。精通を迎えられたようですね。さぞ熱を持て余していらっしゃるでしょう」

「おまえ。リリアナ。父上の夜伽衆の筆頭だったな」

夜伽衆はその名のとおり神の夜伽を務め、なおかつ警護役も担う特に優秀な一部の眷属だけに与えられる名称である。

ナザールが花嫁になってから夜伽自体はなくなったが、精鋭たちという意味で今も残っている。その夜伽衆の筆頭ということは、眷属の最高位ということだ。

「もう父上の伽は務めていないのだろう？　だったらおまえを俺のものにする。これからは父上ではなく、俺に仕《つか》えろ」

なぜネクタルがいちばんにハクとジダンを、そして次にリリアナを誘ったのか察した。

ロキに対抗意識を燃やしているのだ。

ハクとジダンは神帝の右腕左腕として仕事をこなす、眷属の中で最も重要な存在と言っていい。

そしてリリアナはロキの私生活面の補佐を一手に担い、花嫁の世話も任される、事実上いちばん信頼されている最高位の眷属である。

どちらを奪っても、ロキの自尊心を傷つけられる。

リリアナが色香のしたたる視線でネクタルを搦《から》め捕り、艶めいた仕草で耳朶をこねた。

「あなたさまはとても魅力的ですけれど、わたくしたちはロキさまの眷属。ロキさまと花嫁さま以外のご命令には従いません」

ネクタルの頬がぴくりと動く。

「どうしてもとおっしゃるなら、ロキさまの地位を奪ってわたくしたちをお従えくださいあなたさまにそれができますなら」


リリアナの唇が、挑発的に横に引かれた。

「閨でお待ちしておりますよ、まだご自分の眷属も持たないお坊ちゃま」

長い爪をネクタルの耳朶に食い込ませ、爪痕をつけてから手を離した。

これではいたずらな子どもが尻を叩かれたのと変わらない。

ネクタルが爆発してしまうのではないかとハラハラしたが、しばらくリリアナを正面から睨みつけたあと、静かに部屋を出て行った。

ナザールは安堵の息をつき、リリアナの両肩に手をかける。

「危ないことをしないでください。ネクタルが怒ってあなたを傷つけたらどうするのですか」

ネクタルが暴走したら、自分ではとても手に負えない。

リリアナは艶然とほほ笑んだ。

「わたくしは大丈夫と思っておりましたよ。ロキさまとナザールさまのお子ですから」

自信たっぷりの言い方に、拍子抜けして笑ってしまった。

「ありがとう、リリアナ。でも信頼してくださるのは嬉しいですが、あんなことをされたらわたしの心臓が保ちません」

リリアナはナザールを抱きしめ、母親のようにやさしく背を叩いた。

「親が子どもを信用しなくてどうしますか。ネクタルさまは、大きな力をどう使っていいかわからなくて持て余しているだけ。弱者に暴力を振るう方ではありません。よい方に導いてあげれば、必ずロキさまのように素晴らしい神になりますよ」

ロキにも同じようなことを言われた。

結局、ネクタルをいちばん信頼できていないのは、親である自分。リリアナの言うとおり、ネクタルは眷属に乱暴しなかったではないか。

自分も親として成長していかねばなと、手探りで暗闇の中を歩くような気持ちで思った。


どん！　と館が揺れるほどの衝撃があった。

部屋に戻ろうと階段を上りかけていたナザールの耳に、続けて重さのあるものがどさりと落ちた音が聞こえ、慌ててホールに駆けていった。

「なにごとですか！」

天井の高いホールの中空にぽっかりと浮かぶ穴が見え、すぐにそれは消えていった。

すでにリリアナとハルラールはホールへ来ており、彼らの足もとにネクタルが倒れ込んでいた。

「ネクタル!?」

急いで駆け寄り、抱き起こした。

だがネクタルは後ろ手に縛られたような、不自然な格好のまま身動きが取れないようだ。なにかしゃべろうとしているが、口も開かないらしい。

「これはどういうことですか?」

困惑しながらリリアナとハルラールを仰ぎ見て尋ねると、博識な眷属はしばらく考えてから口を開いた。

「……ロキさまの縄縛の術だと思われます」

「縄縛?」

縄を打つということか。

「目には見えませんが、神力で縄で縛られたような状態になります。滅多に使われることはないのですが」

「解放してあげられないのでしょうか? このままでは可哀想です」

ハルラールは眉をひそめ、先ほど穴があった中空をちらりと見る。

「もう消えてしまいましたが、わざわざ神殿から転移させてきたようですね。とすれば、捨て置けというご指示と思われます。まさか意味もなくこのようなことはなさいますまい」

「そんな……」

ネクタルは怒りも露に瞳に青い炎を燃やした。

獣のように唸り声を上げ、体をねじって抜け出そうとする。

「とにかくロキさまに使いを送って確認を。ハルラール、せめてネクタルをベッドに運んでやってもらえませんか」

「その必要はない」

厳しい声に遮られ、全員で扉を見た。

全身黒で揃えた衣服に身を包んだロキが入ってくるところだった。

ロキは床に転がされたネクタルの前まで歩いてくると、父親らしい威厳を持った目で見下ろした。

「こちらで暴れているぶんには好きにさせてやったが、神殿にまで押しかけて悪さをするのは見逃せん。わきまえろ、ガキが」

ネクタルは射殺《いころ》さんばかりの目でロキを睨み上げた。

「神殿に……?」

「あそこは他国の神も死んだ神の魂も出入りする神聖な場所だ。諍いを起こせば、転生できぬまま消滅する魂が出るだろう。そのこともわからぬ子どもが、神帝の地位を寄越《よこ》せだと？　笑わせてくれる」

先ほどのリリアナとネクタルのやり取りを思い出し、血の気が引いた。

まさか、本当に神帝の地位を奪おうとしたとは！

ロキはネクタルの襟もとをつかみ、鼻先で睨みつけた。

「いいか。俺は神帝の地位になど執着はないが、ものの道理もわきまえぬ未熟なガキになど渡すわけにはいかない。欲しかったら、相応の実力をつけてこい！」

手を突き放し、くるりと背を向けて出て行こうとする。

「ま、待ってください、このままで行かれるのですか？」

ナザールの不安げな顔に、ロキは痛いような表情を浮かべた。

「暴れたくてたまらないようだ。このままひと晩頭を冷やさせる。俺は仕事に戻らねばならん。見ているのが辛いなら、おまえは部屋に戻れ。縄は明日の朝まで外れないようにした」

縄を外したら危険だということはわかったが、息子のこんな姿を見るのは辛い。けれど放置するのはもっと可哀想で。

「……側におります。わたしがきちんと教育できていないせいです。申し訳ありませんでした。一緒に反省いたします」

自分では手に負えないからと、任せ切りにしてしまった。自分の子なのだから、自分で面倒をみなければならなかったのに。育てやすいアムブロシアにばかり手をかけて、ネクタルは寂しかったのかもしれない。

「ナザール……」

ロキはうなだれたナザールを見て、困ったように前髪をかき上げた。ロキの硬い黒髪が、内心を表したように崩れる。

「神の子の教育は、花嫁の仕事ではない。どこの貴族も王族も、家庭教師をつけて世話は周囲がするものだ」

「でも、わたしの子です」

授乳以外でネクタルが近づいてこないからと、ろくに遊んであげもしなかった。幼い心を持っていると知っていたくせに、なんてひどい親だ。

手を繋いで、抱きしめて、語りかけて、一緒に遊んでいれば、他人にも興味を持ってくれたかも知れないのに。

ナザールはネクタルの両頬を手のひらで包むと、額に口づけて瞳を覗き込んだ。

「ごめんなさい、ネクタル。愚かなわたしを許してください」

ネクタルがじっとナザールの瞳を見つめている。

心の守りを、解いた。

ネクタルの意識が、駆け抜けるようにナザールの中を通り過ぎた。

「う……」

ネクタルののどから唸りが漏れる。

「ネクタル？」

「うぅ……、ぅ……」

ぶるぶるとネクタルの体が震える。こめかみや首筋の血管が盛り上がり、歯を食いしばって充血した目を見開いた。

噴き出した汗があっという間に全身を濡らし、ネクタルの髪が逆立ってぱちぱちと小さな雷のような音をたてる。

「どうしたんですか!?　ネクタル……、ロキさま！」

助けを求めてロキを振り向くと、動きを止めてネクタルを凝視していた。

ネクタルの体温が恐ろしく高まり、肌に浮いた青黒い彫りものが濃さを増す。

「ううう……、うおおおぉぉぉぉああああぁぁぁ――――……ッ、ッ、ッ！！！」

ネクタルの体から、神力が光となって周囲に放射状に広がる。

ロキの怒鳴り声と、館が崩れ落ちるのは同時だった。

「逃げろ！」

ドゥンッ！　と地鳴りがして、大地が大きく一回揺れた。

ホールの壁や天井に無数のひびが入ったと思うと、数秒後に一斉に崩れ落ちる。

「きゃあああっ！」

「ひいっ……！」

館中で眷属たちの悲鳴が響き、轟音《ごうおん》とともに砂煙がもうもうと上がった。

轟音に聴覚を奪われ、砂煙で視界の悪い中、ナザールは目の前にいたはずの我が子を探して顔を上げる。

ネクタルは肩で息をしながら宙に浮き、崩れた館を見下ろしていた。

「　　　　」

ネクタルの唇が動いてなにかしゃべったようだが、ナザールの耳には届かなかった。

ナザールの隣でロキが立ち上がり、黒い獣姿になって床を蹴った。ネクタルに向かって真っ直ぐ飛んでいく。

ネクタルもまた獣に姿を変え、ロキを迎え撃って滑空《かっくう》する。

「ロキさま！　ネクタル！」

互いに牙を剝いた二頭の獣は、空中でぶつかり合った。身に纏う神力同士が、ぶつかった場所から火花を散らす。

恐ろしい空気圧が、ナザールたちを押し潰す勢いでのし掛かってくる。だがぎりぎり手前で、ロキの力に守られたのを感じた。

心臓が止まりそうな緊迫の中で、ロキの牙がネクタルの首根を捕らえたのが見えた。一瞬の機を逃さず、ロキが小柄な獣を咥えたまま背負い投げる形で縦に半転し、地面に叩きつけながら舞い降りた。

「ギャウッ！」

短い叫びが上がり、ネクタルの体が人のそれを取り戻す。

まだ獣の姿勢を取りながらぎらぎらと瞳を光らせ、正面に立った巨大な父獣を見据えた。ネクタルは痛むらしい肩を押さえてしばらくロキと睨み合っていたが、やがてがくりと首を落として地面に手をついた。

荒く息をつき、丸めた背中を上下させている。

人の姿に戻ったロキが手荒くネクタルの顎をつかんで上を向かせ、厳しい声で息子を叱りつけた。

「いたずらが過ぎるぞ、ネクタル。力を制御できぬのは半人前の証だ。俺に戦いを挑みたいなら、それなりの力をつけてから来い」

ネクタルは悔しげにぎりりと奥歯を噛み、ロキの手を弾き飛ばした。

肩を押さえながら、よろめく足取りで森の方角へ向かう。

「ネクタル……！」

追いかけようとしたナザールを、ロキが遮る。

「放っておけ、ナザール。手負いの獣は傷を治す姿を見られたがらない。奴にも自尊心がある」

ロキが言うならそうなのだろう。

これまでだったら、素直に従っておとなしくネクタルの帰りを待っていた。

けれど。

「わたしはネクタルの親です。傷ついているとわかっているものを、放っておくことなどできません」

なにが正解かはわからない。

でも自分はもう我が子を放っておかないと決めたのだ。厳しい父の指導は間違いではない。でも甘えられる慈母の腕も必要だと思っている。

ロキに深々と頭を下げ、ナザールはネクタルを追って森の中へ入っていった。

「ネクタル……、ネクタル、どこですか」

声をかけるが返事はない。

意識を集中して心の目を飛ばしてみると、大樹の下に丸まって体を休める獣の姿が見えた。すぐ近くだ。

他の木々の頭を越えてひと際高い木が前方に見える。歩いていくと、やはりその木の下にネクタルはいた。

「痛みはどうですか」

声をかけるが、ネクタルは拗《す》ねたように横を向いて微動《びどう》だにしない。

返事こそなかったが、もし見つかるのがいやなら心の目を飛ばしても姿を見つけられないようにすることもできたはずだ。

そうしなかったということは、見つかりたかったのだろうと都合のいいように解釈した。

ネクタルの隣に腰を下ろし、黒い毛で覆われた頭部から背中をやさしく手で往復する。獣は心地よさげに目を閉じて、されるがままになっている。

「ずいぶん力を使ったから、お腹が空いているでしょう」

ナザールは服の前を開き、ネクタルの頭を持ち上げた。獣は黒い鼻先を白い乳の滲む胸先に近づけ、すん、と匂いを嗅いでからぺろりと舐めた。

甘える目でナザールを見上げたあと、乳首を咥えて甘嚙みを始める。

育ってきた獣の口は、仔獣のときほど上手に乳を吸うことはできない、口の周りを白い蜜で汚しながら、噛んで噴き出る乳を舌で舐め取るようにして飲んでいく。

目を閉じてこく、こく、とのどを鳴らす姿はいじらしく見えて、黒い頭部に口づけを落とした。

「愛しています、ネクタル」

自然に口から言葉が零れて、ああ、自分は我が子を愛しく思っているのだと、とても自然に受け入れた。

5.

「まったく……、せっかくバラーと二人、新婚旅行を楽しんでいたのに」

南国風の派手な色合いの衣服に身を包んだレイウスが、憮然《ぶぜん》とした表情で寝椅子に脚を組んで座り、頬杖をついた。

「申し訳ありません、レイウスさま。バラーさまも」

ナザールが頭を下げると、レイウスはひらひらと手を振って謝罪は結構だと示した。

「ロキに言っている。私が肩代わりするのは、ロキの仕事だからな」

「神帝の仕事を代行できるのはおまえしかいないんだから、仕方ないだろう」

ロキは横柄《おうへい》に鼻を鳴らし、聞いているナザールの方が申し訳なくなって頭を垂れた。

バラーはレイウスとロキの間に立って、まあまあ、と取りなす。

「たまにはよいではありませんか。ナザールもそろそろ人間界が恋しい頃でしょうし、気分転換に出かけても。それに、仕事をしているあなたはとても頼もしく見えますよ、レイ」

レイウスは諦めたようにため息をついた。

「まあ、ナザールを元気づけるためならやぶさかではない」

森の中で手負いのネクタルに乳をやったあと、黒い体を抱きしめたまま眠りについた。翌朝目を覚ましてみると、もうネクタルの姿はなかった。

急いで館に戻ってみると、ネクタルは修業をしてくると言い置いて人間界に降りたと聞かされた。

心配で元気のなくなったナザールを慰めるため、ロキが旅行を計画したのである。レイウスが呼び出されたのは、神帝の仕事を肩代わりしてもらうためだ。

ロキがレイウスのシャツを見て、眉をひそめた。

「だいたい、仕事をするというのになぜおまえはそんな格好をしている」

金髪のレイウスに派手な原色の服は似合っているが、神殿ではかなり浮いている。

「当てこすりだ。まだおまえから礼を聞いていないぞ、ロキ」

ロキはムッとした表情でレイウスを見ていたが、やがてナザールの肩を抱き寄せて口を開いた。

「感謝する、レイウス」

これにはナザールもバラーも、礼を求めた当の本人であるレイウスでさえ目を丸くした。

ロキが素直にレイウスに感謝を口にするなど、誰も思っていなかったのだ。

「……逆に落ち着かない気分になった。子ができるとこうも変わるのか？」

レイウスが動悸を抑えるように自分の胸に手を当て、姿勢を正して椅子に座り直した。

「まあいいだろう。バラーがいてくれるなら私はどこでも構わん。おまえも手伝ってくれるな？」

「私にはもう、未来読《さき》みの力もありませんし、お役に立てることはありませんが」

かつてのバラーには、未来を見る力があったという。神帝の右腕として彼の補佐をしていたが、一度命を失って塵《ちり》となり、新たな肉体に魂《たましい》を移したときにその力も失ったらしい。というのは、神界に来てからバラーに聞いて知ったことだ。

バラーは町の守り神であったロキの力が尽き、邪神として疎《うと》まれていた三百年の間、代わって町を守り続けた。ロキが守り神として復活するきっかけとなった、厄神との戦いで命を落としてしまったのである。

レイウスは還《かえ》ってきた魂を新たな肉体に移し、バラーをよみがえらせた。神々の輪廻《りんね》を司《つかさど》るのが仕事の神帝だからこそできたことだ。

「役に立つ必要などない。ただ私の側《そば》にいてくれればいい」

レイウスは真剣な目で正面からバラーの瞳を覗《のぞ》き込み、腰を抱き寄せた。

バラーは表情を変えずにレイウスの視線を受け止めていたが、やがてそっと肩を押して距離を取った。

「もの好きですね、あなたは。どんな男女も選び放題だというのに」

「私が欲しいのはおまえだけだ」

熱烈な言葉に、聞いているこちらの方が赤面しそうだ。

二人のやり取りを見ていたロキが、鼻を鳴らした。

「だったら最初からそう口説いていればよかったんだ。それを臆病風に吹かれて遠回りした挙げ句、隠居の身になってようやく行動に移せるとは、とんだ腑抜《ふぬ》けめ。まだ勃つのか？　俺の祖父を満足させてやれているんだろうな？」

バラーは静かに唇の両端をつり上げた。

「下世話ですよ、ロキ」

レイウスはロキの暴言には慣れっこだというように、軽く肩をすくめただけだった。

「余計な心配は無用だ。では、おまえが出る前に仕事の引き継ぎをしてもらおうか。輪廻の間に行くぞ」

二人を見送ってから、差し出がましいと思いつつ、ナザールは控えめにバラーに話しかけた。

「……その、バラーさまはレイウスさまと想いを通じておられるのでしょうか」

レイウスはバラーに熱烈に恋しているのに、二人の間に温度差があるような。誰にでもやさしいバラーが、なぜかレイウスにだけは素っ気ないのだ。極端に言えば、レイウスの一方的な片想いに見える。

というのも、バラーがレイウスの側にいるのは〝約束〟があってのことと聞いたからである。

バラーは神帝であったレイウスの側を離れる代わりに、死後のバラーを彼の好きにしていいと約束したという。ずっと片恋をしていたレイウスは、よみがえらせたバラーを手に入れた。

だから、もしかしたらバラーの方には恋愛感情はないのかもしれない。だがそれはどちらにとっても幸福とは言いがたい関係なのではないか。

「いいんですよ。あの人は〝自分に興味のないわたし〟が好きなのですから」

「それは、どういう……?」

「追いかける方が彼の性に合う、と申しましょうか」

バラーの美しい面《おもて》にかすかに寂しげな陰が走った気がしたが、瞬く間もないほど短すぎてよくわからなかった。

「では、バラーさまもレイウスさまのことを想っておいでなのでしょうか」

バラーはどうとでも取れるような、曖昧《あいまい》な笑みを浮かべた。

「わたしたちのことは気にしないでください。さあ、旅支度をしましょう。久しぶりの人間界で、羽を伸ばしていらっしゃい」

行きたいところはあるか、と問われ、以前ロキに連れて行ってもらったことのある、温かい湖のある国がいいと答えた。

その国は青い瞳の人々が住み、故国では邪視と恐れられるナザールも安心して滞在することができる。色々な国の貴族や商人が長期の休暇に訪れることもあり、人種も様々なのでロキも自分も浮かずに済む。

火山の麓《ふもと》にある湖は地熱で温められ、大勢の人間が湯治《とうじ》に来ている。ナザールも湖に入るのが楽しみだ。

それに食べものがとても美味しい。各国の食べものが集まる町の中心部に行けば、新鮮な魚介類から南国の果物、見たことのない菓子や珍味までなんでも揃《そろ》っている。酒の種類が豊富なのもロキを喜ばせる。

前回はロキと二人きり、腹いっぱい食べて飲んで昼夜を問わず愛し合い、本当に満たされた気持ちで過ごしたものだ。

今回はアムブロシアも一緒である。愛娘にも美味しいものをたくさん食べさせて、楽しい経験をさせてやりたいと親心が疼《うず》く。

湖のほとりのヴィラに到着したときは、すでに真夜中だった。アムブロシアは眠ってしまったので、備えつけの寝台にそっと寝かせた。

「見ろ。かがり火が焚《た》かれて、湖に美しく映っている」

湖に向かって開いた窓から外を見ると、湖のほとりに沿ってかがり火がずっと向こうまで設置されていた。

かがり火のひとつひとつが鏡のように星空を映す湖からのかすかな風に揺らめいて、夢のように幻想的な光景である。

「きれいですね」

うっとりと見つめるナザールの頬に、ロキが愛しげに口づけた。

「行ってみるか？」

「こんな時間でも大丈夫なのですか？」

ロキはおかしそうに笑う。

「神がなにを心配することがある。夜目の利《き》かぬ人間なら夜の湖は恐ろしいだろうが、間欠泉《かんけつせん》の位置だけ気をつければ俺たちに危険などない」

それもそうだ、と思った。

ついつい人間のときの習慣で考えてしまう。特に人間界に降りてきた今は、すっかり意識が人間に引き戻された。

ヴィラは金持ちばかりが使用するので、盗賊に注意しなければならない。念のためロキがヴィラそのものに結界を張り、アムブロシアが途中で目覚めないよう眠りの術をかけた。

二人で湯浴《ゆあ》み用の薄衣に着替え、裸足で湖まで歩いていく。

「来い。足もとに気をつけろ」

先に湖の中に入ったロキが手を差し出し、そろそろとつま先を忍ばせるナザールを導いた。思い切ってざぶんと湖に飛び込むと、ナザールの周囲に美しい水の輪が広がる。

胸まで湯に沈み込み、心地よさにため息を漏らした。

「気持ちいい……」

湖の表面に浮かぶ湯気が、夜風にさらわれて水の表面をふわふわと移動する。

ときおり遠くで間欠泉がどぉんと噴き上がる音がした。

昼間はかなりの人間や動物が湯治に訪れているこの湖も、この時間にはロキとナザールの他に誰もいない。

湖のほとりに沿って並ぶヴィラからは、かすかに人の気配がした。といっても、神になったからわかる程度で、普通の人間ならまったくわからないだろう。

天に瞬く星を眺めながら、ナザールはネクタルに思いを馳《は》せた。

「ネクタル、今頃どこにいるんでしょう」

「さあな。修業と言うからには岩山にでも籠《こ》もっているか、荒野を彷徨《さまよ》っているか、手当たり次第猛獣や強い神に戦いを挑んでいるか」

ロキだったらそうなのだろうなという行動ばかりだ。ネクタルはロキに似ているから、同じかも知れない。

「どちらにしろ、ハクとジダンに隠れてあとをついていかせている。心配はいらぬ」

ネクタルが出て行ったと聞いてうろたえていたナザールも、そう聞いてホッとしたものである。ネクタルはまだ不安定な部分が残っているので、いつ神力が切れて獣に戻ってしまうかわからないから。獣になっても狩りに不自由はしないだろうが、万一猟師の標的になったら困る。

「それにしてもあいつは強い。簡単にはへこたれぬ胆力がある。縄縛の術を破られたときは驚いたぞ。そこまで成長しているとは思わなかった」

ロキは息子の成長を喜んでいる父親そのものの表情で、宙を見ながら楽しげに言った。

信用しているのだ、息子のことを。

「あなたはいい父親ですね」

ネクタルの神力が暴走して館を壊してしまったとき、ロキが館にいた全員を守ってくれたことを知っている。おかげで怪我人は一人も出なかった。

息子の暴走からみんなを守り、父親らしく叱責し、家を飛び出しても陰から見守っている。息子の反抗を成長の証《あかし》と大きく構えて捉え、楽しみにすらしている度量の広さも。

「おまえの方が素晴らしい。深い愛で包み込み、心を癒やす。俺は反発させることしかできぬが、家を出る前に森から帰ってきたネクタルは、驚くほど素直だったというぞ。どんな魔術を使ったんだ？」

「魔術など使えません。乳を与えただけです。……でも、愛していると初めてネクタルに伝えました」

もっともっと伝えたかった。今までないがしろにしてしまったぶんも。

戻ってきたら、抱きしめて何度でも伝えよう。

息子の無事な帰還を願って胸の前で合わせたナザールの手を、ロキはにやりと笑って握った。

「早く戻ってきてくれると嬉しいです」

「いいのか？　俺と互角の力をつけて戻ってきたら、おまえを奪い合うことになるかも知れぬぞ。なにせあいつはおまえを妻にすると言ったくらいだからな」

口調から本気で言っているわけではないことはわかるが、つい反論してしまう。

「違います。あのときは母への思慕を表す言葉や、自分の感情の種類を理解できていなかっただけです。森で乳をあげたときに確信しました。愛されたがっている、ただの子どもです」

ロキはナザールの手を引いて自分に引き寄せ、湯の中で腰を抱いた。

「そうだろうな。ほとんどの男にとって、母親は理想の恋人像だという。子に関心を奪われて、寂しい思いをする父親は多いぞ。おまえの関心の競争相手なのだから、恋敵《こいがたき》も同然だろう？」

めちゃくちゃな理屈に笑ってしまった。

「わたしの恋心は、すべてロキさまのものです」

両手で頬を包み込み、自分から口づけた。

湖の温度と同じくらい、ロキの口腔《こうこう》が熱い。ナザールの腰を抱いていた手が尻に移動し、薄衣で肌を洗うようにやさしく撫でてくる。

「久しぶりにおまえの体を洗ってやりたいものだな」

ロキにささやかれ、湯の温度とは関係なくナザールの頬が染まった。

神になってからは、体を洗わずとも清潔を保つことができる。けれど、人間のときは毎日湯殿を使ったものだ。戯《たわむ》れにロキが石鹸で体を洗ってくれたことも……。

もちろん洗ってくれるだけでなく、そのまま愛欲に引きずり込まれてしまっていたが。湯殿は声が響いて恥ずかしくて、ナザールはいつも自分の唇を手で覆っては声を押し殺そうと努力していた。

思い出したら、湯の中でゆるゆると花芯が頭をもたげ始めた。

それに気づいたロキが、自分の男根を擦りつけてくる。

「あっ……」

興奮していなくても充分な大きさのあるロキの男根は、浮力で水面に向かって上を向いている。布越しにナザールと肉茎をすり合わせているだけで、たちまち質量を増した。

「こんな……、ところで……」

「誰も見ていないだろう？」

星空しかない。

温かい湖の上は鳥も虫も飛んでおらず、ただ緩やかな風が吹いている。世界に二人きりのような気持ちになった。

「外がいやなら、俺たちなら水の中に潜《もぐ》っても苦しまずにまぐわえるぞ」

試してみたことはなかったが、きっと神は人間のように呼吸ができずに苦しむことはないのだろう。知らない世界を知るのはとても魅力的だけれど。

「それはまた今度。水中でのまぐわいは魚になったようで気持ちいいでしょうが、今はこの美しい星空を眺めていたいです」

同意するように重なってきた唇を、目を閉じて受け止める。

角度を変えて口づけを深めると、二人の体の間でちゃぷちゃぷと揺れる湯がやわらかくて心地いい。

ロキの手が、湯衣の上からナザールの肌をやさしくこすった。

「ん……」

気持ちがいい。

胸を撫でたついでのように、脇の下を指でこすり上げる。

「あ、ん……、くすぐったいです……」

くすぐるような動きに、ロキの腕の中で笑いながら身をよじる。

「こら、逃げるな。洗ってやってるだけだろう」

「だって」

抱きすくめるロキと額を合わせ、二人で笑いながら口づけた。恋人同士のような甘い時間が楽しくて嬉しくて、思い切りロキに甘えたくなった。

「すみずみまで、きれいにしてくれますか？」

ロキの肩に頭を乗せ、至近距離で上目遣いに見上げて甘えねだった。いつもなら恥ずかしくて素面《しらふ》ではできないのに、この美しい星空が現実離れした気分にさせるのだろうか。今日は抵抗なく甘えられる。

ロキは蕩《とろ》けるような笑みを浮かべると、そっとナザールを横抱きにした。ふわりと、湯でできた椅子に支えられるかのように上半身が湖面に浮いた。

「え……？」

慌てて体を起こそうとするが、湖面についたナザールの手はそのまま水中に沈んでしまう。ロキの神力なのはわかるが、背中は支えられているのに不思議だった。

「楽にしていろ」

耳から後ろ半分湖に浸かった状態でナザールの髪が水面に広がる。寝転がって見上げる夜空は、ただ首を上に向けて見るのとはまったく違った。

「ロキさま、すごい……。星空に抱かれているようです」

自分が星々に包まれた気がする。星が降ってくるようで、思わず両腕を空に向かって広げた。

「夢のようです」

いつまで眺めていても飽きそうにない。

「おまえと夜空を飛んで散歩するのも楽しいかも知れぬな」

それも楽しそうだ。ロキとならなんでもできると思える。

きっとこの先も自分の知らない楽しいことがたくさん待ち構えていて、いちいちナザールを驚かせ、喜ばせるのだろう。

想像するだけでわくわくする。ロキとなら、他の誰とも見られない夢を一緒に見られる。

「あなたの花嫁になれてよかった……」

心の底から言えば、ロキは笑みを浮かべた表情とは裏腹の真剣な目でナザールを見下ろした。

「それは俺の言う言葉だ。おまえを見つけられてよかった。おまえに出会って、俺は生まれて初めて胸をときめかせたんだ。信じられるか？　この俺が小娘のように」

小娘のようになどと、およそロキに似つかわしくない言葉に、ナザールの胸の方がときめいた。

「おまえを見つけた日のことは忘れない。おまえを手に入れて、初めて嫉妬《しっと》や独占欲を覚えた。愛なんて肉欲と同義だと思っていた俺が、恋に身を焦《こ》がすとはな」

熱烈な言葉に、のどの奥に熱い塊《かたまり》が生まれた。

ナザールに恋をしていると言う。この力強く美しい神が。

「おまえこそが俺の神だ。俺はおまえにしか跪《ひざまず》かない」

うやうやしくナザールの足をすくい、甲に口づける。

「ロキさま……、いけません……」

そんな、下僕のようなことを神の王が。

足を引こうとしたが、強い力で固定されていて叶わなかった。ロキはそのままつま先に口を寄せると、ナザールの指を含んだ。

「あっ……！」

びくん！　と身を震わせる。

驚くほど快感に直結していて、困惑した。

「やめ……っ、やめてください、ロキさま！　そんなところ……、あああっ！」

そんな場所に性感があるなんて知らなかった。

勝手に動いてしまう足指を追いかけたロキの口が、一本一本丁寧に舐めしゃぶっていく。爪のすき間に舌先を這わされ、甘噛みされるたびに腰まで快感が駆け上った。陰茎がずきずきして、手で押さえるとむくむく膨《ふく》れ上がっていくのがわかる。

「すみずみまできれいにして欲しいんだろう？」

指の間に舌をねじ込まれ、慣れない感触にすすり泣くほど感じた。

ねだったのは自分だけれども、こそばゆさと羞恥と、なにより神の王にそんな奉仕をさせる罪悪感で逃げ出したくなる。

「受け入れろ、ナザール。俺の花嫁はおまえだけだ。おまえは俺に愛されるためにここにいる」

そして声に切なげな色を乗せた。

「愛したいんだ……」

ああ……、わかった。

ロキは愛することに飢えていたのだ。

守り神として一方的に愛や尊敬を捧げられてきたロキにも、民や眷属《けんぞく》といった大事なものはある。けれど身を焦がすような恋情を、なにもかもを捨てても構わないと思えるほどの情熱を捧げられるものを、この激しい気性の神は求めていた。

それを受け入れる相手に自分を選んでくれたことが、心から嬉しい。この恋に焼き尽くされてもいい、と自分も思う。

「愛しています、ロキさま……。愛してください……」

腕を差し伸べたナザールを、ロキが力強く抱き起こす。ナザールも抱擁《ほうよう》を返し、火山で温められた湖よりも熱く口づけを交わした。

ロキが欲しくて、自分から手を伸ばして彼の男根を探る。そこはすでに隆々と体積を増していた。

ロキも欲しがっている、ナザールを――。

内腔が疼き、受け入れるためにきゅんきゅんと蠕動《ぜんどう》を始める。ロキの腕がナザールの片脚を抱え上げ、膝の裏をすくい上げて片脚立ちさせた。

質感のある指が、後孔に忍んでくる。

「く……、ん……」

抜き挿《さ》しされると指と一緒に湯が入り込み、体の内側を洗われるような感触にロキにしがみついて背を震わせた。

温かいもので満たされれば、すでに中に放たれてしまったような気になる。

いやだ、そんなの。自分の内を満たすのはロキのものがいい。

「や……、ゆび、いや……、ロキさまがいい……」

「まだ痛いだろう」

ロキはいきなり雄を挿《い》れたりしない。いつも丁寧に準備をしてからだ。ナザールを大事にしてくれるから。

でももう貫かれたい。受け入れて、体中で愛したい。

子どもがむずかるように、首を振って抱きついた。

「それでもいい……」

いつになく欲しがるナザールに、ロキは愛しげに目を細めて耳朶《じだ》に唇を押し当てた。

「そんなに可愛くねだられたら、俺も我慢できん」

ロキは自分の男根を手でつかむと、先端をひたりとナザールの後孔に合わせた。

湯の中ですら、それは熱い。

「あ……」

ロキが先端で肉襞《にくひだ》の上を往復すると、ぬるっ、としたものが塗りつけられた。

湯にも流されない粘性のそれは、ロキの先走りか。

「ん……、ん……」

強めに押しつけてはまた表面を往復し、蕾《つぼみ》が自然に花開くのを待っている。

ぷつ……、と先端が潜り込んだと思うと、ぐぐっと孔《あな》を広げて押し入ってきた。

「あああ……っ！」

弓なりにしなる腰をロキが支える。

湯よりも熱い雄の象徴を身の内に抱えて、苦しいほどロキで満たされるのが嬉しい。

「あ……、あいして、ます……」

挿入の衝撃で焦点の合わぬ目で、ロキの頬を包んだ手の感触に安心した。ここにいる。繋がっているのは、愛しい夫だ。

口づけると、ロキがゆったりと腰を回し始めた。

「あぅ……、う、ん……、あ、あ、あぁ……、いい……」

すき間なくぴっちりとナザールを埋めているのに、動くとほんのわずか湯が浸入してくる。それが肉筒でかき混ぜられて、慣れない刺激が好《よ》くてロキに縋《すが》りついて甘え泣く。

「きもちいい……、ロキさま、すき……、すき、きもちい……」

ロキが体を揺するたび、ぴちゃぴちゃと小さな波が立って乳首をくすぐる。湯浴み用の薄い衣服が水で透けて、自分の尖った乳首もロキの美しい彫りものも余すところなく見える。

いっそ全裸より、薄い布を隔てた体はいやらしく官能を煽《あお》った。

ロキの首筋に浮いた彫りものに舌を這わせた。汗の味がする。体を支えていたもう片方の脚も持ち上げ、両脚でロキの腰をかき抱く形にした。

ナザールの媚態に興奮したロキが、腰にぐっと力を込めた。

「つかまれ」

ロキがナザールの尻を抱え込む。

ずん！　と下から突き上げられて、ナザールの唇から高い悲鳴が上がった。

「あああああああっ！」

浮力で浮き上がりそうになる体を力ずくで押さえ込まれ、めちゃくちゃに突き上げられる。

「ナザール……、ナザール！　愛しくて、壊してしまいそうだ……！」

それでもいい。ロキにならなにをされても。

迸《ほとばし》る激情をぶつけられるのが自分だけなら、いくらでも受け止めるから。

快感で曇る目を開けば、飛び込んでくるのは降るような星ばかり。星々に包まれて、見つめられながら交わっている。瞬きが、無数の目のようだ。

でもそれは決して冷たくない、温かい視線で――――。

「く……、うぅっ……！」

「ああ……っ！」

同時に達して、のぼせ上がった体を抱きしめ合った。

ナザールの放った白濁が、水に溶けることなくゆっくりと流れていく。

体を繋いだまま何度も口づけを交わし、やがて夢見るように息をついた。

「星たちに見られてしまいました……」

「見せつけてやればいい。俺は誰にだっておまえの美しさを自慢したい」

いつもどおりの不遜な言葉に、幸せが胸いっぱいに満ちていく。

「もう一度……、次は、ゆっくり楽しみながらまぐわいたいです……」

求めに応じ、ロキは雄を嵌《は》めたままナザールの体を撫で、やさしい口づけを繰り返しながらゆったりと腰を使う。

可愛がられて、甘やかされて、幸福に包まれながら何度も愛の言葉を交わし合った。


明るくなると、湖にはたくさんの人間がやってきていた。

ヴィラが立ち並ぶ範囲は主に裕福な人間が使用するので、ヴィラ前方の湖も他の人間と被ることなくゆったりと使える。

少し離れたところに行くと土地の人間が浴場代わりに通っているため、場所によっては大変混雑していた。子どもたちも多い。

アムブロシアは天然の巨大風呂も同然の湖をとても喜び、はしゃいでいる姿を見るのはナザールも嬉しかった。

人間界に来て興奮しているのか、ひとりで遊んでいても、まるで友達がいるように楽しそうに笑ってしゃべっていたりする。

湖でアムブロシアを遊ばせていると、

「あにうえも、いっしょにあそびたい」

無邪気な瞳で言われ、ナザールは小さく首を傾げてほほ笑んだ。楽しいことは、兄とも分かち合いたいのだ。

「兄上は、強くなる修業をしているのですよ。今度一緒に来ましょうね」

こっくりとうなずくアムブロシアは、ロキとナザールの腕を行ったり来たりして笑い転げた。

たくさん遊ぶと、食事がしたくなった。

「以前連れて行ってもらったお店、まだあるでしょうか？　蟹《かに》がとても美味しかったので、また食べたいです」

腹が空くわけではないが、舌が美味を求めてしまう。アムブロシアにも食べさせてやりたい。

ロキはナザールの頬を撫でると、瞳を覗き込みながら子どもに言い聞かせるようにゆっくりと言った。

「町には人がたくさんいる。見たくないものが見えてしまわぬよう、充分注意しろ。あまり俺から離れるな」

急に緊張してきた。

正面から瞳を覗かぬ限りは、はっきり人の心が見えるわけではない。湖では他人と距離があるため、気にならなかった。

神や眷属は互いに心が見えぬよう隠しているが、人間はその術を知らない。素裸の人間が歩き回っているようなものだ。見ないように見ないようにと思っても、つい目に入ってしまうかも知れない。

見ても覗かぬよう自分の能力を訓練するか、覗いても気にしないよう心を強くするしかない。

「気をつけます」

気を引きしめてこくりとうなずくと、ロキはふっと微笑してナザールの頭を撫でた。

町は大勢の人間で賑《にぎ》わっていた。

特に市場のある通りはごった返していて、手を繋いでいないとはぐれてしまう。

ロキが片腕でアムブロシアを抱き、もう片方の手でナザールの手を握った。人混みの中を、ロキと手を繋いで歩けるのは嬉しい。

外国人も多いので褐色の肌の人種もいないわけではないが、さすがにロキの全身の彫りものは目立つ。

顔立ちが美しいとはいえこの国ではありふれた色合いを持つナザールより、人々の視線はロキの方に注がれた。ロキもまたナザールに視線が向かぬよう、わざと彫りものの見える服を着ている。こんなところでもロキの心遣いに感謝する。

おかげで自分から合わせに行こうとさえしなければ、ほとんど誰とも目が合わなかった。もともと邪視として疎まれて、誰とも目を合わせぬように育った過去もナザールを助けてくれる。

人波がすごいせいで、人にぶつからずに歩くのは困難だ。ナザールも何度か人にぶつかってしまい、そのたび「すみません」と声をかけた。

角を曲がったとき、中年の男に思い切りぶつかられた。男は舌打ちして「気をつけろ！」と鋭く怒鳴る。

相手がナザールを睨みつけたので、ふいに目が合ってしまった。

瞬間。

「う……！」

流れ込んできたどす黒い感情と汚れた色、盗みや暴力の記憶に身がすくんだ。

ロキがすぐに男の腕をひねり上げ、男は、

「いててて ぇ！」

と大仰《おおぎょう》な声を上げてなにかを取り落とす。見れば、ナザールの財布だった。

男はロキの形相《ぎょうそう》に怯え、そそくさと逃げていった。

「大丈夫か、ナザール」

ロキが財布を拾い上げた。ナザールは息が詰まってしまって、のどを押さえながらなんとかうなずく。まだ心臓がばくばくしている。

一瞬だったけれど、いやな記憶で満たされた汚れた感情だった。不平不満に凝《こ》り固まり、あんな心持ちでいたら人生に楽しいことなどなさそうだ。

「ここを通り過ぎればすぐ店だ。個室を用意してもらってある。ゆっくり食事ができるだろう」

再びロキに手を取られ、道を歩いていく。

もう忘れかけていた、故国での生々しい悪意の記憶がよみがえる。生家では邪視と疎まれて存在を無視され、外に出れば厭悪《えんお》と侮蔑の視線が矢のように飛んできた。

ナザールは身震いして、いやな記憶を頭から追い出そうと愛しい夫に目を向けた。労《いたわ》るように
ナザールを見たロキが、人前にもかかわらず頬に口づけを落とす。
触れた温かさに、心が浄化された気がした。
繋いだ手を握り直し、夫のやさしさに甘えてそっと身を寄せた。

ヴィラの庭は美しい色の石で敷き固めてあって、テーブルや椅子を置いて日光浴や茶を楽しめるようになっている。

ナザールが庭で茶を飲もうと準備をしていると、隣のヴィラを借りている夫婦が訪ねてきた。

この国の人間らしい金髪に青い瞳を持つ三十代くらいの夫婦だ。遠目でちらりと見て、存在は認識している。

「初めまして。美味しいお菓子を持ってきましたのよ。せっかく素敵な場所でご一緒できたんですから、お近づきになりたくて。よろしいかしら？」

女性が菓子と酒の入ったバスケットを持ち上げ、親しげな笑みを浮かべる。

こんなふうに声をかけられるのは初めてで戸惑った。

「あの……、ええ、ありがとうございます。どうぞお掛けになってください」

知らない人間に好意的に話しかけられたことに緊張する。視線が合わないよう微妙にずらして、茶を淹《い》れる手もとを見るふりをして下を向いた。

夫婦はにこやかに笑って椅子に腰を下ろし、ナザールは緊張で震える手で茶の準備を進めた。誰かに見つめられていると思うと、いつもより手際が悪くなる。

早く支度を終えてロキとアムブロシアを呼びに行こうと焦っていると、興味津々な口調で女性に話しかけられた。

「旦那さま、とても異国的で素敵な方ですわね。堂々としてらして。もしかして、どちらかの王族でいらっしゃるのかしら?」

ナザールは男性とも女性ともつかない中性的な衣服を着ている。女性にしては身長があるが、細身で顔立ちも双子の妹と同じだから、女性と判断されたのだろう。アムブロシアもいるから余計に。しかも本当に夫婦なのだから、わざわざ男性と訂正して混乱させることもない。

ロキのような褐色の肌を持つ人間はどちらかといえば奴隷階級に多いが、ロキほど威厳に溢《あふ》れていれば異国の王族と間違われるのも道理である。衣服も装飾品も高価なものばかりだし、ヴィラは富裕層専用だ。

しかしまさか神の王と言えるはずもない。こんな状況を想定していなかったので、しどろもどろになる。

「王……、と言えば、そう、かも知れません……。でも、今は休暇中で……」

「まあ、やっぱり！」

女性の声が華やかになる。

しまった、そこは曖昧にして休暇中ということだけ言えばよかった。興味を持たれたら困る。

「そうですの。どうりでお美しい奥さまをお持ちだと、主人とも話しておりましたのよ。ねえ、あなた。お嬢さまもお可愛らしくて」

「……ありがとうございます」

いつから見ていたのだろう。

女性の言葉にどことなく違和感を覚えた。そんなに隣を観察しているものだろうか。

「よかったら、わたくしたちのヴィラにもいらっしゃいませんか？　腕のいいシェフを連れて来ていて……、あら、お嬢さま」

ヴィラから出てきたアムブロシアが、夫婦を見てぴたりと足を止めた。

いつもにこにこ笑って機嫌のいいアムブロシアの表情が固まった。

「アムブロ……」

「やあああぁぁぁーーーーっ！」

全身を突っ張って叫びを上げた。

ロキが飛び出し、アムブロシアを抱き上げる。なにごとかと夫婦を振り向くと、合わないようにしていた視線が正面からぶつかってしまった。

「ひっ……！」

ナザールの血が凍りつく。

夫婦の心の中には、何人もの惨殺の記憶が溢れ返っていた。自分たちのヴィラに誘っては殺し、金品を奪うことを繰り返す、残虐な強盗殺人鬼――。

あまりの恐ろしさに意識の遠のいたナザールは、その場にくずおれてしまった。

6.

寝台にうつ伏せになったナザールの頭を、ロキがやさしく撫でる。

「いやなものを見たな」

夫婦の心の中を思い出すと、吐き気と恐怖で体が震える。止まることを知らない涙が枕に滲《にじ》んだ。

「……わたしより、アムブロシアは？」

「心配ない。あれは遠目だったし、一瞬で俺が目を塞いだから具体的な記憶まで見えていない。むしろ瞳も覗けなかったのに、なにに怯えたかわからぬくらいだ。もう隣の部屋で元気に遊んでいる」

それならよかった。

アムブロシアにあんなものは見せたくない。

「……なんで、あんなことができるんでしょう」

生活に苦しんだ挙げ句、仕方なく犯した犯罪ではなかった。自分たちの欲望のため、罪のない人々を殺して金品を奪い、豪遊していた。

途中からは殺すことそのものも楽しんで、より苦痛を与える残虐な方法を取っていた。犠牲者の叫びや怒り、恐怖を楽しむ彼らの嗜好が、殺人そのものよりも恐ろしい。

人間はあそこまで残酷になれるのか。

「苦しいです……、ロキさま……」

涙がとめどなく溢れた。

人間に関わるのがこれほど怖いと思ったことはない。生家で虐《しいた》げられていたときでさえ。

「いいばかりの人間がそうそういないのと同じように、悪いばかりの人間もそうはいない。……今回は運が悪かった」

ロキの声に後悔が滲む。

彼のせいではない。たまたま……、本当にたまたま、近づいてきた人間がよくなかった。ロキの言うとおり、どんな人間にもよい部分も悪い部分もある。比重はあるにせよ。

あの殺人鬼たちだって、普段は教会に寄付をしたり、飼い犬を可愛がる〝善人〟なのだ。

親切な人間も、やさしい人間もたくさんいる。頭ではわかっているのに、目を閉じても襲ってくる恐ろしい残像に今は気持ちがついていかない。

人間が怖い。

ぎゅっと閉じた睫毛の間に、熱い涙が滲んだ。

「怖いんです……、抱いていてください……」

ロキに向かって腕を伸ばせば、たくましい腕がきつくナザールを抱きしめる。この腕の中にいるときだけは安心だと、やっと体の強ばりを解くことができた。

「あの人間たちは、もう二度と罪を犯すことはないだろう」

あのあと、ロキは役人たちに通報して彼らのヴィラと居住する邸宅を捜索させた。あちこちから出てくる盗品や遺体の一部が、彼らの犯行を物語っていた。

殺人鬼たちは人間の手によって裁かれる。それで殺された人の無念が晴らせるかはわからないが、安らかに眠って欲しいと心から願う。

「戻ろうか、神界に」

ナザールの背を撫でながらロキがささやき、戻りたくてたまらなくなった。

誰もナザールを傷つけない場所。温かくてやさしさに満ちた場所。

「帰りたい……」

ロキの胸の中で子どものように泣きじゃくった。

神界に戻る前に寄りたい場所があるとロキが言い、寄り道をしていくことになった。

空間を転移すれば早いのだけれど、ロキはあえて人間と同じく船や馬車を使って移動した。気をつけていれば他の人間と目を合わせることはほとんどないし、あまり他人と関わらぬようロキも気を遣ってくれる。

なによりアムブロシアが喜ぶから、誰とも関わらず三人でなら旅も悪くないと思った。道端の名もない草花や、自然の風景に心癒やされる。

のんびり道を歩いていると、

「ははうえ、おはな」

花の好きなアムブロシアは、小さな花を見つけてはナザールに教えてくれる。

「きれいですね」

こんななにげないやり取りが、傷ついたナザールの心に染みた。

宿に入るときはすべてロキが手続きをしてくれるから、ナザールは彼の陰で待っているだけでいい。誰とも口を利かず、隠れるようにして部屋に入った。

そして夜は――――。

「あ……、ん……」

溜まった乳をロキに激しく吸い出され、体が軽くなっていく感覚にため息を吐いた。

神の花嫁の体は、毎夜精を受けないと辛くなってしまう。そして種を仕込まれて作り出す乳を、また吸ってもらわねばならない。

だがそんな日課の話でなく、彼に抱かれたかった。ロキの腕の中にいる間は、彼のことしか考えられなくなるから。

「ロキさま……、あ……、もっと……！」

恥ずかしいくらい乱れて、毎夜もっともっととねだった。ロキは底なしの体力でナザールの求めに応じる。

自分の出した乳を口移しで飲まされ、白く汚れた舌同士がいやらしく絡み合う。薄甘い乳の味が、体中に染み渡った。

「心の痛みも、吸い取ってやれたらいいのに」

ロキがナザールを見つめながら、切ない声で呟く。ロキは他者の怪我や病気を、自分に移し取ることができる。そしてロキに移った痛みや苦しみは、花嫁の乳で治癒することができる。

心の傷はどうにもならないけれど、その気持ちが嬉しくてロキの頰を両手で包んだ。

「今だけ、忘れさせてください……」

ロキの顔を引き寄せ、自分から唇を重ねる。

花嫁の切な願いを聞き入れようと、ロキは激しい律動を刻んだ。

「ここは……」

ナザールは呆然《ぼうぜん》としながら、静かな森の中に佇む美しい墓を見た。

「母さま……」

ナザールの生家の裏庭の墓地から、ロキが町の守り神だったときに住んでいた北の森に移した乳母の墓だった。

邪視の忌《い》み子として生まれた直後に放置死するところだったナザールに乳を与え、たった一人温かな愛情を注いで育ててくれた恩人である。

ナザールが密《ひそ》かに母さまと呼び、慕ってきた乳母。自分の身と引き換えにしても守りたかった乳母の墓は、ロキの加護を受けて曇りひとつない。

墓の周囲には、美しい花が咲き乱れている。

天からの光を受けて、白い墓石の表面が輝いていた。

「母さま、お久しゅうございます……！」

ナザールは墓に駆け寄り、墓石を抱きしめて唇を押し当てた。墓石は冷たくとも、温かな乳母の胸を思い出すと、いつまでも抱きしめていたい。

乳母から受けた愛情を思い返す。

彼女にとってみれば恐ろしかったろう邪視の赤子を、同情から育ててくれた。ナザールを世話することで館中の人間から疎まれ、夫ですら彼女を捨てて出て行ってしまった。

辛かったに違いない。何度ナザールを見捨ててしまおうと思っただろうかと、今なら容易に想像できる。

それでも一度もナザールにいやな顔は見せなかった。常に愛情を注いで、笑顔で育ててくれた。

他の誰に顧《かえり》みられずとも、自分は世界一幸福な子どもだったのだと信じられる。

代わりにナザールが彼女に与えられたものはなんだ。なにもない。血の繋がりすらない、あれこそ無償の愛ではなかったか。

「母さま……！」

涙が零《こぼ》れた。

人はこんなにもやさしい存在なのだと、やっと思い出した。ナザールの心についた傷が、みるみる塞がっていく。

墓石に縋りつき、気の済むまで泣いた。

そうしてから、ナザールが泣き止むまでなにも言わず待っていてくれたロキを振り向き、深い感謝を込めて礼を言った。

「連れて来てくださってありがとうございます、ロキさま」

ロキは黙って墓の前に跪き、深々と頭を下げた。

神の王でありながら、一介の人間をナザールの母として真摯《しんし》に敬ってくれる。震えるほどの感動に包まれた。

「申し訳ないが、人間の墓は神界には移してやれぬ。その代わり、おまえが来たいときは墓参りに来られるよう計らおう」

充分だ。それ以上望みようがない。

ナザールは墓に向かい、目の前に乳母がいるように話しかけた。

「わたし、自分の子ができました。母さまの孫になりますね。本当は二人いるんですけど、今日は一人だけご紹介します。もう一人は今度連れて来ますね」

そう言って、墓の周りで花摘みをしていたアムブロシアを手招きした。

アムブロシアは小さな花束を持って駆けてくる。

「母さま、これはアムブロシアと言います。アムブロシア、おばあさまですよ。ご挨拶《あいさつ》して」

アムブロシアはぱっちりと大きな目を開いて、にこっと笑った。

「おばあちゃま、こんにちは！」

言って、花束を差し出す。

墓石を祖母だと紹介されたのに素直だなとほほ笑ましく思っていると、突然墓石の周囲にきらきらとした輝きが散りばめられた。

「え……？」

アムブロシアが唇を尖らせ、ふうっと息を吐いた。

きらめきが墓石の前に集まり——。

「…………かあ、さま…………？」

目を疑った。

墓石の前に、乳母の姿が現れたのだ。乳母はナザールを見てにっこりと笑い、両腕を広げた。

「ナザールさま。ご立派にお育ちになられて」

懐かしい乳母の声が鼓膜を打ち、気づけば走り寄って小柄な体を抱きしめていた。

「母さま！　か、母さま……、どうして……！　ああ、お会いしとうございました！　こんな……、こんな奇跡があるなんて……！」

ナザールが十三歳のときに亡くなった乳母は、小柄で痩せた人だった。ナザールを世話したことで周囲から疎まれ、流行《はや》り病に罹《かか》って最期はナザールだけに看取られてひっそりと息を引き取った。青白い顔をした乳母の体を抱きしめ、いつまでも泣いた。

その乳母が、やさしい笑顔でナザールを抱きしめている。小さなナザールが泣いていたときと同じように、とんとんと背中を叩いて慰めながら。

「……驚いたな、これがアムブロシアの力か」

ロキの感嘆した声が聞こえ、すぐ側でにこにこと笑っているアムブロシアを振り向いた。

「どうやら死者が見えるらしい。いや、見るだけなら力を凝らせばほとんどの神にも可能だが、魂を呼び出した挙げ句、可視化どころか実体を伴って顕現《けんげん》までさせるなど、俺やレイウスにもできん」

神の能力にはそれぞれ属する分野があり、ロキは無機物から有機物を作り出したり怪我や病気を吸い取ったり、レイウスは治癒や記憶の操作を得意としている。

消えてしまったというが、バラーの未来《さき》読みの力もそうである。

小さな我が子がヴィラでなにもない空間に笑いかけたり、ひとりでしゃべっているのを、子ども特有の空想癖で想像の友達を作っているのだと思っていた。

まさかこんな力を持っていたとは……。

「ああ、どうしよう母さま。なにからお話しすればいいのか……！」

自分が今どれだけ幸せか。眷属を育て、子を持ち、どれほど乳母の愛の深さを知ったか。

乳母はほほ笑みを絶やさぬまま、首を横に振った。

「あまり時間がありません。とても眠くて……。でも元気なお姿を見られて安心しました。素晴らしいご家族に恵まれたようですね」

ゆらりと、乳母の姿が揺れる。

「幸せになったのですね、嬉しいですよ」

ナザールは何度も首を縦に振った。みるみる乳母の影が薄くなっていく。

「幸せです。でも母さまに育ててもらっている間も、ずっと幸せでした。ナザールは世界一の幸せ者です」

不幸をもたらす邪視として誰とも目を合わせぬよう暮らしてきたナザールと、生前の乳母の視線が正面から合ったことはない。

けれど今、乳母の漆黒の瞳は真っ直ぐナザールを見ていた。ナザールも乳母の目を見つめ返す。

「最後までナザールさまと目を合わせられなかったことが、死後もずっと気になっておりました。あなたも人の目を見られるようになったのですね。これでやっと憂《うれ》いなく深い眠りにつくことができます」

「母さま！」

消えゆく乳母の体に取り縋り、力いっぱい抱きしめた。

「まだ行かないでください、母さまになにもお返しできていないのに……！」

ナザールが死者になにができるわけではないけれど、育ててくれた恩に報いるなにかがしたかった。

「わたしにとって、あなたの幸福がいちばんの恩返しですよ。愛しています、わたしの可愛いナザールさま……」

「愛しています！　わたしも……！」

ナザールの腕の中で、うっすらとした影が消えた。

呆然と立ちすくみ、手の中に残ったぬくもりを胸に抱いて涙を流した。

短い時間でも、会えてよかった。新しい家族と、自分の幸せな姿を見せられてよかった。きっと自分の死後残されるナザールを憂いていただろう、やさしい乳母に。

肩を震わせるナザールを抱き寄せたロキが囁く。

「……人の魂は、憂いがあると地に残る。今、おまえの乳母の魂は浄化された。やっと眠りにつけたんだ、喜んでやろう」

こくこくと、ロキの腕の中でうなずいた。自分の幸せな姿を見て、心の母は安心して眠りにつけたのだ。もう会えなくても、彼女の安らかな休息を喜ぼう。

隣で首を傾げているアムブロシアを抱きしめ、ふっくらした頬に口づけた。

アムブロシアは、戸惑うようにナザールに花束を渡す。

「ははうえ、ないてるの？　おはな、どうぞ」

くりくりとした目が、心配そうにナザールを見上げている。慰めようとする小さな娘が愛しくて、泣きながらほほ笑んだ。

「ありがとう、アムブロシア」

たくさんたくさん愛を注ごう。乳母から受けた愛を、眷属や子どもたちに返すのだ。

ロキがアムブロシアを抱き上げ、瞳を覗いて息をついた。

「なるほど。アムブロシアには、あの夫婦にまとわりつく死者の群れが見えたのだな。姿だけで凄惨《せいさん》な現場が見えなかったのは幸いだったが、驚いたんだろう」

そういうことかと理解した。

あの夫婦の狂気に満ちた心が見えなかったのならよかった。

「それにしても、アムブロシアに死者を呼び出す力があるとは。能力が高まれば、過去の賢者の魂を呼び出すことも可能かも知れぬぞ」

それは、とても大きな力なのではないか。

無邪気に笑う娘が、いつか死者を司る女神になるかも知れない。死者が穢《けが》れた存在でないのは、乳母の魂に遭遇した自分にはわかっている。厭《いと》わしくも恐ろしくもない。

大きな力ゆえに、使い方を誤れば恐ろしいことになるだろう。その力を有効に使えるよう導くのが、周囲の神々の役目である。

いつまでも心やさしい娘であれと、ナザールは願いを込めてアムブロシアの頬に口づけた。

その瞬間、ロキが突然空を見上げ、カッと両目を見開いた。

「ロキさま?」

晴れ渡っていた空の向こうに暗色の雲がむくむくと姿を現し、化けもののように腕を伸ばしてくる。

たちまち広がる暗雲は、ナザールたちのいる森をも覆い尽くしていく。

ロキが舌打ちをすると、アムブロシアをナザールに手渡した。

「ネクタル……!」

「え?」

遠方に竜巻が起こり、人間たちの叫びや恐慌が頭の中に直接響いた。竜巻に呑まれて家々の屋根が剝《は》がれ、家畜や人が巻き上がる映像が頭に流れ込んでくる。

「これは……?」

恐ろしいほどの憎悪と解放の念が、攻撃的にナザールにぶつかってくる。アムブロシアが泣き出した。

竜巻がこちらに向かって近づいてくる。風が囂々《ごうごう》と吹き荒れ、木の葉や小枝がちぎれ始めた。

「俺の後ろに隠れろ！」

ロキの声も風に紛れて聞き取りづらい。

急いでロキの背後に回り、竜巻と対峙《たいじ》するロキの肩越しに覗いた。

竜巻はもうすぐそこだ。

「ネクタル！」

大きな声で、ロキが叫ぶ。

高らかな笑い声が降ってきて、見上げれば、竜巻の中心にネクタルが立っていた。だがその顔は……。

「ネクタル？　瞳の色が……」

青い瞳のはずのネクタルは、したたる血のような深紅《しんく》の瞳に変わっていた。白目の部分も、充血して赤い。なにより表情が邪悪そのもので、口もとだけは笑みにつり上がっているが、周囲に殺気をまき散らしている。

「なにかに取り憑《つ》かれたな」

ロキの言葉に、驚いて目を見開いた。

取り憑かれた？

そうこうしているうちにもいくつも竜巻が枝分かれし、町や森を破壊しながら四方へ進んでいく。ロキの後は若い神が守り神として町を継いだはずだが、こんな脅威に対抗できる力はないのだろう。

竜巻の足もとから、二頭の灰色の獣が飛び出してきた。

「ハク！　ジダン！」

ネクタルについていったはずの二人だった。

二頭はロキの眼前で人の姿に戻ると、地に手をついて報告した。

「ネクタルさまが、〝彷徨《さまよ》える民《たみ》〟の怨霊を解き放ってしまわれました！」

「その霊体に体を乗っ取られ、破壊行為に及んでおります！」

聞いて、息を呑んだ。

〝彷徨える民〟は、ハルラールから聞いたことがある。何百年も前、宗教の違いから国を追われ、迫害され、惨殺されていった人々のことだ。逃げて逃げて、自分たちの土地と自由を求め、やがて一人残らず潰《つい》えてしまった。

その数は数千人に上り、後世になって彼らを哀れんだ人間たちにより、魂を鎮《しず》めるための石碑が建てられたという。それをネクタルが解き放った？

「おまえたちがついていながら、なにをしている！」

ロキに叱責され、二人は地に額がつくほど頭を下げた。

「申し訳ございません」

ふわりと、ナザールの眼前にハクとジダンの見た光景がよぎった。

石碑に刻まれた〝彷徨える民〟の歴史を読み、心痛に眉を寄せるネクタル。死者の魂の安息を願い、石碑に手を合わせ――ハクとジダンが駆け寄ったときはもう遅かった。石碑の下から這い出た怨霊がネクタルの腕をつかみ、驚きで開いた口から中に入り込んだ。

本当に一瞬の出来事だった。ハクとジダンにもどうにもならなかったのだ。二人を責めるのは酷《こく》だ。

「ロキさま……、二人にはどうにも……」

「わかっている」

自分に見えたことなら、当然ロキもわかっているはずだ。それでも叱らずにいられぬほど、事態は逼迫《ひっぱく》しているのだろう。

拷問を受け、無念のうちに死んでいった人々の怒りはいかばかりか。一人や二人の思念なら、神であるネクタルに取り憑くなどできないであろう。何千という魂の無念が、ひとつの大きな怨霊を作り上げてしまった。

竜巻の中心で、瞳を赤くしたネクタルがげらげらと笑っている。

「素晴らしいなぁ、この体は！　若く、力に溢れている。女子どもを犯し、男たちを拷問にかけ、この町を破壊し尽くしてやろう。そして我らの国を創るのだ」

ネクタルの体を使った怨霊は雷を呼び寄せ、暗雲のあちこちに稲光が迸った。

いくらネクタルの神力が強くとも、無限ではない。使い続けていればいつか果てる。けれど、それまでどれほどの被害が出るか。ましてや故意に害を為そうと思っているならば。

ロキが厳しい横顔で呟《つぶや》く。

「あれではネクタルの体にも負担がかかる。悪くすれば、命を落としかねぬぞ」

「そんな……！」

「怨霊にとってみれば、使い勝手のいい力の強い体。けれど、それを労る気は皆無だ。もしかしたら加減がわからず、肉体が滅ぶまで力を使い続けるかもしれない。すでに一度死んだ奴らに、怖いものなどないからな」

竜巻が通ったあちこちで、火事が起こる。人々の逃げ惑う声が大きくなる。

「ハク、ジダン、町に行って守り神の手助けをしろ！　火を食い止めるんだ！」

二人は頭を下げると、一瞬で獣に戻り町に向かって駆けていった。

「ナザール、墓標の陰に隠れろ！　あそこは結界が張ってある！」

アムブロシアを抱いたまま、急いで乳母の墓の陰に隠れる。墓の周囲は風が凪《な》ぎ、結界の外の景色が別世界のようだった。

ロキがネクタルに向かって腕を伸ばし、つかむようにして引くと、竜巻の中からネクタルの体が引きずり出される。

「うわっ!?」

ぐん！　と手前に引っ張られ、ネクタルの体が落ちてくる。

地面に叩きつけられる直前、ひらりと宙返りしたネクタルが軽やかに降り立った。初めてその存在に気づき、ロキを睨み据える。

「おまえは………、そうか、これの父親か」

ネクタルは邪悪な笑いを浮かべた。

「その独特の体の文様……。知っているぞ、おまえのことを。守り神から堕《お》ちた邪神ロキ」

三百年前、ちょうどロキが邪神として恐れられていた頃に、〝彷徨える民〟も滅びを迎えた。

邪神であるロキを知っていても不思議はない。

怨霊は無防備に両腕を広げ、顎《あご》を反らしてロキを挑発する。

「殺すか？　いいぞ、おまえに息子が殺せるなら。遠慮なくやるがいい。俺は別の体に乗り移るだけだ」

ナザールの心臓がどくりとした。

殺す？　ロキがネクタルを？

「長い間ずっと待っていた。あの忌まわしい石碑から俺を引きずり出せるほどの力を持った者がやってくるのを。おまえの息子はやさしいなぁ？　俺たちに心を寄せ、本気で悲しんでいたぞ。その心の隙が、俺につけ込まれるとも知らず」

「ネクタルの魂はどうした」

ロキが低い声で尋《たず》ねる。

「いるさ。俺の陰に。今だって大きな声で叫んでいるぞ、体を返せってな」

怨霊はにたりと笑った。

「この体が滅びるまで、出て行ってやるつもりはない。無理に引き剝がせば、おまえの息子の魂も破れて消滅するぞ」

そして楽しげに声を上げて笑うと、両腕を掲げてくるりと回った。

遠くの竜巻同士がぶつかり合い、激しい音を立てて家々が粉砕される。人々の悲鳴が風に舞った。

ロキの体から見えない刃が無数に飛び、ネクタルの体の表面を切り裂いた。

「つうっ……！」

どれも皮一枚。威嚇《いかく》であることは明らかだ。

細い血の糸をしたたらせながら、怨霊は憎悪に燃える視線を向けた。

「これしき、あの悲惨な拷問を受けて死んだ俺たちにはなんでもない。あの苦しみを、他の人間たちにも味わわせてやる……！」

血を吐くような叫びに、ナザールの胸がきしむ。

「俺は解き放たれた！　もう石の下には戻らない！　俺の……、俺たちの国を創るんだ！」

「それで？　人々を滅ぼして、亡霊だけの国を創ってどうする。おまえたちの神は、そんなものを望んでいるのか」

怨霊は胸を撃たれたように、びくりとすくんで動きを止めた。

ロキと睨み合い、やがて低い唸《うな》り声を出す。

「……だからなんだ。俺たちの神は、俺たちを愛してくださる。きっと、よくやったと褒めてくださる」

「おまえたちの神はもういない。おまえたちが滅んだとき、一緒に滅んだ。信仰のない神は、命を長らえることはできん」

「うるさい！」

怨霊は髪を逆立て、瞳の色を濃くした。ネクタルの体から、神力が光のように周囲に広がる。

力を込めたネクタルの体中の傷口から、血しぶきが飛び散った。

暗雲から太い雷が落ち、どおん！　と激しい音とともに森が燃え上がった。

ロキが目にも留まらぬ速さでネクタルののどを正面からつかむ。

「ぐ……、は……っ！」

ぎりぎりと絞め上げられたまま持ち上げられ、ネクタルのつま先が地面を引っかいた。

「うぇ……、ぉ……っ、」

みるみるネクタルの顔に血が上り、赤黒く膨れてくる。酸素を求めた唇が開き、震える舌が覗いた。

ロキの瞳に、冷酷な光が宿っている。

まさか……、まさか……、息子を手にかけて……？

ネクタルは体を揺らしながら暴れ回るが、かえって首を絞めてしまう。ネクタルの首をつかむ手を爪で激しく引っかかれ、ロキの手に幾筋も血が滲む。

だがロキの手は緩まない。

ネクタルの口端から泡混じりの涎《よだれ》が流れ、押し潰されたのどを通るひゅうひゅうとしたかすかな息遣いが消えそうになったとき。

「ち……、ちちうえ……」

ネクタルの瞳が青く戻り、潰れた蛙《かえる》のような声がロキを呼んだ。

瞬間、ロキの手が緩む。

わずかな隙を逃さず、ネクタルが思い切りロキの腹を蹴った。

「ぐ……！」

少年とはいえ、仮にもロキの、神の王の息子の体だ。ただの神なら腹に風穴を空けられていたであろう衝撃に、ロキも膝をついた。

ロキの手を離れた怨霊が素早く距離を取り、咳き込んだと思うと「ぎゃははは！」と下品な笑い声とともに顔を上げた。その瞳は赤に染まっている。

「さすがの邪神も、息子には弱いか。油断したな、あのまま縊《くび》り殺せばよかったものを。おまえに俺は殺せない。俺はこの体を使って、人間どもにありとあらゆる報復をしてやる！」

ああ、どうしよう。どうすればいい。

このままでは人間界を滅ぼすか、息子を手にかけるしかなくなってしまう。

ネクタルの体が風に乗って宙に浮かび上がる。町の方をちらりと見て、せせら笑った。

「おまえの眷属たちと町の守り神が、火を消して回っているらしい。忌々《いまいま》しい。あとで纏めて殺してやる」

言いながら、ネクタルの体がぐらりと揺れた。目眩《めまい》をこらえるように、額を手で覆う。

竜巻のひとつが、勢いを弱めて消失した。

「くそ……」

怨霊は忌々しげに傷口を拭った。どうやら傷口からだらだらと流れる血が、体力を奪っているらしい。

怨霊はロキを睥睨《へいげい》しながら、手で追い払う仕草をした。

「去れ。息子を殺したくなくばな。血を失い続ければ、この体は滅びる。おまえたちがおとなしくここを去るなら、手当てしてやろう」

さもなければ……、と怨霊が続けた。

「死ぬまでここで力を使うだけだ」

そうして怨霊はネクタルの抜け殻《がら》を捨て、また新たに憑依《ひょうい》できる体を探して彷徨うのだ。一度解き放たれた魂が、自分から石の下に戻る選択をするはずがない。

体力がなくなってきて焦っているのだろう。怨霊はいらいらと声を荒らげた。

「消えろと言っている！　殺したいのか！」

興奮で、ネクタルの体から血が噴出する。傷自体は浅かったのに、神力を解放したせいで傷口が大きく広がってしまった。

ロキは立ち上がると、怨霊に向かって手を差し伸べる。

「俺に乗り移れ」

そして無抵抗を表し、両腕をだらりと脇に下げた。

怨霊はいぶかしげにロキを睨《ね》めつける。

ロキはいつもどおり不敵な笑みを浮かべると、顎を上げた。

「その体はそろそろ限界だろう？　ネクタルより、俺の方が力が強いぞ。おまえの望みはすべて叶う。俺にしておけ」

「なんのつもりだ」

「息子の尻拭いは、父親の役目だ。解き放った魂に責任を取ってやろう」

怨霊はしばらく考え込んでいたが、空中に手を差し出すと、どこからか短剣が現れた。それをロキの足もとに投げて寄越す。

「死なない程度に自分の体を傷つけろ。ぎりぎり身動きが取れるくらいまで」

ナザールは目を瞠《みは》った。

不用意にロキに近づけば捕らわれるから、力を削いでおこうというのか。だが、それでは……。

「俺の体を傷つけてどうする。おまえが乗り移ってから動けなくなるだけだぞ」

指摘され、怨霊は鼻で笑った。

「知らぬと思うのか。そこに隠れているのは、邪神の花嫁だろう？　神の傷は、花嫁の乳で癒やせる。おまえに取り憑いてから、癒やせばいい」

突然自分を指され、どきりとした。

ロキはぴくりと頬を痙攣《けいれん》させると、剣呑に怨霊を睨む。

「さあ、早くしろ。二人の子だ。二人で責任を取れ」

愉快げに笑う怨霊を睨みつけながら、ロキは短剣を拾った。ためらう素振りも見せず、左肩から右脇腹まで、ざっくりと剣で斜めに斬り裂く。

真っ赤な飛沫が、ばたばたと足もとに零れ落ちた。

「ロキさま……！」

アムブロシアを抱きしめ、叫びを上げる。思わず飛び出しかけたナザールを、ロキが目で止めた。

ナザールは震えながら、ロキを見つめる。

怨霊は酷薄《こくはく》そうに赤い目を細めた。

「浅いな。簡単に動けぬよう、脚を貫け」

ロキは素直に片膝をつくと、立てた方の脚の腿に深々と剣を突き刺した。腿裏から、朱《しゅ》に染まった剣の切っ先が飛び出る。

「……っ！　つぅ……」

さすがに、ロキの額からも脂汗《あぶらあせ》がしたたり落ちる。

「……これで満足か？」

「まだだ。最後に腹をえぐれ」

まさに瀕死《ひんし》の重傷を負わせる気だ。

ロキが力を込めて脚から短剣を引き抜くと、間欠泉のように血が噴出した。見ていられず、アムブロシアをきつく抱きしめ目を閉じる。

「……ぐっ、……う、ぅ……」

肉を貫く鈍い音とともに、ロキの苦しげな呻《うめ》きが聞こえた。愛しい人の苦しむ声に、心臓が握り潰されるように痛む。

怨霊が空から降りてくる気配があった。そっと目を上げると、腹を貫いて呻くロキの前に立っていた。

怨霊は手荒くロキの顎をつかむと、上を向かせる。唇を寄せ、

「口を開け」

傲慢に命じた。

内臓から溢れる血で濡れる唇を、ロキが開く。同じく唇を開いたネクタルの顔が、触れそうなほど近くに寄る。開いたネクタルの口の中から、白い煙のようなものがふわふわと出てきた。

「あれが霊体……？」

煙はゆっくりとロキの口中に移動しようとし――――。

「……！　離せ！」

怨霊がびくりと体を揺らし、煙がすうっとネクタルの体内に戻っていった。怨霊がぎりっと歯を噛みしめたと思うと、突然右目の色だけが青に戻った。

途端《とたん》にネクタルが、一人で会話をしているように言葉を発し始めた。

「父上、俺を殺せ！」

「うるさい、離せ！　体は返してやる！」

「いらない！　俺のせいだ、おまえは俺とともに死ね！」

ネクタルの口を使って、二つの魂が交互にしゃべっている。ネクタルがロキから手を離し、自分の首を絞めた。ぶるぶると体を震わせ、怨霊が力いっぱい抵抗しているのがわかる。

「ネクタル……」

戦っているのだ、自分自身の中で怨霊と。自分の身を犠牲にしても父や人間の世界を守ろうとしている。

こんな局面で息子の成長を知り、ナザールの胸が詰まる。

「早く……、父上……」

悲壮な懇願をするネクタルの手首をロキがつかみ、両側に開いて首から離させた。

「なんで……っ」

ロキは腹をえぐる剣がさらに深々と食い込むのも構わず、ネクタルを抱き寄せる。鼻先が触れ合うほどの距離でネクタルを見つめ、これ以上ないほどやさしい声を出した。

「おまえは強くてやさしい、俺の自慢の息子だ。もういい、おまえはよくやった。怨霊の魂を手放せ」

ごぷり、とロキの唇から血の塊が溢れ出た。ロキの体も限界なのだ。

「ち……、ち……、うえ……」

「……こわい、ことはない……。俺が……、父上、が……、守って、やるから………」

ネクタルの青い瞳から、ぽろりと涙が零れ落ちた。

ロキが唇を開くと、力を失ったネクタルの唇から、白い煙が流れ込んでいく。すべて侵入《はい》り切ってしまうと、ネクタルはずるりと体の力を失った。

「は……、う……!」

ロキの瞳が、血色に染まる。真っ赤な瞳をしたロキが、ネクタルを人形のように投げ捨てた。

傷ついたネクタルが草の上に転がる。

ロキの顔をした怨霊は、ナザールに向かって手を伸ばす。

「来い」

行くべきなのか？　だがこのままでは、ロキの肉体が滅んでしまう。

「早くしないと、このガキを殺す」

ごくりと唾を呑んだ。

ナザールは震える声で、だがしっかりと赤い目を見据えて言った。

「ネクタルを返してもらうのが先です。こちらに寄越してください」

怨霊はネクタルを見下ろし、行けと顎で促した。

よろめくネクタルが立ち上がり、覚束ない足取りでナザールの方へ歩いてくる。力を使い果たした疲れと、自身の無力さに打ちひしがれているように見えて痛々しかった。

結界に足を踏み入れた途端、くずおれた息子を抱き留めた。

「よく頑張りました、ネクタル。アムブロシア、兄上から離れぬように」

まだロキの結界は生きている。ここにいれば安全だ。

もし自分たちが戻れずとも、いずれ人間界の異変に気づいたレイウスやバラーが子どもたちを助けに来てくれるだろう。

ナザールが一歩結界の外に踏み出すと、ネクタルの神力で起こした竜巻の余韻で、まだ強い風が吹いていた。

風に髪をさらわれながら、怨霊と化したロキに近づく。

「俺を癒やせ」

ロキの顔と声でありながら、まるで知らない神のようだった。中身が違えば、こんなにも変わる。他の男に吸わせる気持ちになってしまってためらっていると、業《ごう》を煮やした怨霊が怒鳴った。

「さっさと出せ！　子どもらの目の前で犯してやってもいいんだぞ！」

きゅ、と下唇を噛み、上衣の前を開いた。

手の届く距離まで近づくと、怨霊は奪うようにナザールの腰を抱き寄せ、乳首にしゃぶりついた。乱暴に吸われ、眉をひそめる。

「う……」

ごく、とのどを鳴らされたとき、陵辱《りょうじょく》されている気になった。

これはロキだ……。中身はどうあれ、ロキの体を癒やしている……。

必死に自分に言い聞かせた。

「ああ……、美味い……。素晴らしい……、痛みが遠のいていく……」

恍惚《こうこつ》とした声で乳を飲み干し、腹の剣を引き抜いた。

手荒くナザールの胸をつかみ、溢れた乳をたっぷりと傷口にしたたらせる。

「見ろ、みるみる塞がっていく。よほど愛し合っているらしいなぁ？　花嫁の乳は量も質も、愛情の深さに比例すると言うぞ」

こんなときなのに、ロキの愛情を感じて涙が浮かぶ。こんな使われ方をしているのが悔しい。

傷口を塞いでしまうと、怨霊はもう一度乳首に吸いついてきた。赤子のように安心した声音で、目を閉じて呟く。

「俺たちのときも、こんなふうに癒やしてくれる人がいればな……」

どこか、ナザールの心の深い部分をとん、と押されたような気がした。

自分には想像もつかない、果てしない残虐な拷問を受けて死んでいった人たち。ただ、違う神を信奉していただけで。

この人たちは化けものではなく、無念の内に亡くなった人間の集まりなのだ。

ナザールの奥底から無数の魂を慈《いつく》しむ気持ちが湧き上がり、恐怖や怒りを包み込んでいく。怒れる魂を慰めたくて、自然に頭を抱き寄せようとしたとき。

赤い瞳がぎらりと光り、怨霊がナザールを片腕で抱きしめたまま空に飛び上がった。

「すごい！　すごいぞ、この体は！　なんという力だ、まさに万能！　なんでもできそうだ！」

高らかに笑い、森の背後に盛り上がる国境の山に向かって手のひらを突き出した。

と、地鳴りが起こり、眼下の地面が激しく揺れた。

山が震え、山頂の岩肌に亀裂が走ったかと思うと――――。

「きゃあああ！」

アムブロシアの叫びと、ドオオォォォォン……ッ！　と腹に響く轟音《ごうおん》を立てて山が噴火するのは同時だった。

「そんな……！」

ナザールは顔色を失くして、真っ赤に灼《や》けたどろどろの溶岩が流れ出てくるのを呆然と眺めた。

あの山は大昔に火山活動を停止していて、もう噴火などないと言われていたのに。地の奥底から溶岩を引きずり出せるほど、ロキの力は強いのだ。

山は火山灰をまき散らしながら、溶岩を吐き出し続ける。山のこちら側に村落はないはずだが、国境のあちら側はどうだろう。被害がないといいが。

いや、このままでは怨霊は力に任せて人間界を滅ぼしてしまう！

「やめて……！　やめてください……！」

いくら怨念に凝り固まろうが、今暮らしているのはなんの罪もない人々なのだ。そんな人間たちが殺されていいはずがない。

「安心しろ、おまえは生かしておいてやる。おまえさえいればどんな無茶もきく。極上の乳を出す花嫁だからな」

勝ち誇って笑い狂う怨霊が、突然引き攣ったように笑いを止めた。

「な……、待て……」

苦しげに口を開き、喘ぐように唇を閉じ開きする。

ロキの片目が、先ほどのネクタルと同じように青く光った。

「ロキさま……？　あ……っ！」

墜落するように空中から落ち、それでもナザールを傷つけまいとしてか自身の体を盾にして草地に転がる。

ナザールを手放して立ち上がったロキの形相は、右と左の真半分でロキと怨霊に完全に二つに分かれていた。ロキの体を奪い合っているのだ。

「くそ、半分殺したのになぜ……！」

「舐めるな、怨霊風情《ふぜい》が。弱っていなければ取り憑くこともできぬくせに」

「俺は……、俺は人間に復讐するんだ……！　この世界を滅ぼしてやる！　おまえからも離れてはやらぬからな！」

青い目をしたロキの右半分だけが、にやりと唇をつり上げた。

「俺も、離してやらぬ」

「ひっ……!?」

ロキは高く飛び上がったかと思うと、火山に向かって速度を上げて飛行していった。

「ロキさま！」

まさか！

ぐんぐんと火口に向かって飛ぶロキの左半分が、恐慌して叫びを上げた。

「ま、待て……！　待て、このままではおまえも……！　やめろ、離せ！　俺は……、うあああああぁぁぁーーーー……ッ、ッ、ッ！！！」

最後の叫びは、火口に吸い込まれて消えていった。

いくらロキでも、実体を伴ったまま溶岩に飛び込んで無事でいられるわけがない。

火口に意識を集中したナザールの耳に、一瞬で肉が蒸発する不気味な音が響き、意識が遠のいた――。

7.

涙を流すことも忘れて呆然と草の上に座り込み、ロキの消えた火口を見つめた。

「……キ、さま……」

炎はすべてを浄化する。怨霊を引き剝がすことができないから、抱え込んだまま心中した。信じられない。でもこれしか方法がなかった。

ロキは最期まで家族と人間界を守り抜こうとしたのだ。

「う……、あ……」

叫びたいのに、声が出ない。脚に力が入らず、立ち上がることも叶わない。これからどうすればいい。

呼吸ができない。酸素が入ってこなくて頭がぐらぐらする。

ロキを失って、これから自分は――。

「母上！」

ネクタルが叫び、ナザールの背後にどさりとなにかが転がった。

弾かれたように振り向くと、半分焼けただれたロキの体が横たわっていた。最後の力を振り絞って転移してきたに違いない。

「ロキさま！」

急いで近づき、触れようとすると火傷しそうに熱い。

特に左半身は肉が蒸発し、露出した脚の骨も半ば溶けかかっている。呼吸も心音も聞こえない。

忘れていた涙が、ぶわりと盛り上がる。

「どうしましょう、ネクタル！　ロキさまが……！」

「落ち着いて！　神の肉体は死んだら消滅して塵になるはずだ。だからまだ仮死状態だ」

そうだ。まだ塵になっていない。

「早く、母上の体液で手当てを！」

ナザールは服を脱ぐのももどかしく上半身を露にすると、爛《ただ》れた皮膚に乳を落とす。だが傷は塞がっても、失った肉が戻ってこない。

「どうしよう……、どうしよう……！」

ロキの消滅は時間の問題だ。呼吸の戻らない体に泣きながら取り縋ったとき、空の彼方できらりと光るものがあった。

真っ直ぐナザールたちの方に向かって飛んできた光が草の上に降り立つ。見れば、それは金色の獅子の姿だった。

「レイウスさま！」

獅子はすぐに美麗な金髪の男に変わり、急いでいたために乱れた前髪をかき上げて大きく息をついた。

「どうして、ここに……」

「先ほど思念で呼ばれたのだ、ロキに。すぐに人間界に来いと。まったく、人遣いの荒い男だ」

レイウスはロキの隣にかがみ込むと、軽い口調とは裏腹の真剣な目で傷を眺めた。

「いくら私の能力が治癒専門だからといって、これほど肉体を損傷していると修復はきついのだぞ。ましてやロキほど力の強い神の治癒など、こちらも命懸けだ」

手をかざしたレイウスの神力が高まる。

「この借りは必ず返してもらうぞ、ロキ……！」

レイウスが損傷部分にかざした手を、ゆっくりと移動させる。動くそばから組織を形成して肉が盛り上がり、露出した骨を覆っていった。ロキの体が再生していくのを、呼吸ですら邪魔せぬよう鼻と口を両手で覆ったまま見つめる。

「ああ……」

まさに奇跡の力だった。前神帝の能力は、やはり卓越しているのだ。

筋肉の筋が浮かび、新たな皮膚が張り巡らされ、なめらかに整えられていく。

完全にロキの体が戻ったとき、レイウスは汗だくで草の上に手をついた。心臓を押さえ、激しく肩を上下させている。

「ロキに、命の源を飲ませてやってくれ……」

いまだ呼吸の戻らぬロキに、乳を与えろというのだ。

レイウスの前で恥ずかしいなどという意識はなかった。ロキに覆い被さると、閉じたままの唇の間に胸の突起を挟ませた。

「ロキさま、起きてください」

自分の手で胸を搾る。吞み込まれず溢れた白い乳が、ロキの口の端を伝い落ちた。

「飲んで……」

泣きそうになりながら乳を搾る。ロキのまぶたがぴくりと震えたと思うと、たくましいのどの尖りが小さく上下した。

うっすらと目を開けたロキが、ナザールを認めてかすかにほほ笑む。

「ナザール……」

声はかすれていたが、間違いなくロキのもの。

喜びでいっぱいになって、ロキの頭を抱きしめた。

「よかった……！」

ロキはナザールの背に腕を回し、官能を煽るような舌遣いで乳首をねぶる。

「あ……」

傷を癒やすには、より多量の乳を必要とする。花嫁の乳は性交によって受ける精が種になるから、辛いときほどまぐわいたくなるのは神の生存本能なのだ。

けれど。

「だ、だめです、ここでは……」

さすがにレイウスや子どもたちの前で性交はできない。意識を取り戻したからそう思うのかも知れないが。

ナザールが背後を気にしたことでやっとレイウスの存在に気づき、ロキは体を起こすとナザールの上衣を引き上げた。

「おまえには見せぬ」

「それが命の恩人に対する態度か。こっちは花嫁も持たぬ老人なんだぞ。労れ」

軽口を叩いていても、力を使い果たして白くなった顔色のレイウスが、だるそうに木に背中をもたせかけた。

ロキはちらりとナザールを見てから、視線をレイウスに戻した。

「助かった。礼を言う」

「……おまえが素直だと気味が悪いな。もういいからさっさと片をつけてこい。私はここで休ませてもらう」

ひらひらと手を振るレイウスが目を閉じたのを機に、ロキは立ち上がった。

今しがた死にかけていたとは思えぬほど、危なげがない。

「すごいのですね、レイウスさまの力は」

「俺は傷や病を自分に移し取れる程度だが、レイウスは根本から治癒させる。治癒能力で言えば、俺はレイウスの足もとにも及ばない。人間の病苦ならともかく、神の怪我まで治せる力を持つ神はそうはおらぬ」

自分が及ばぬと潔《いさぎよ》く認める横顔に、はっきりとレイウスへの尊敬を読み取った。普段は罵倒《ばとう》してばかりなのに、やはりロキにとって大切な友人なのだ。

「まあ、治癒と記憶の操作以外で俺がレイウスに負ける部分はないが」

そうつけ加えることを忘れないところに、いつものロキだと安心した。

「さて、怨霊は溶岩に呑まれた瞬間、予想どおり炎に怯えて俺の体を捨てて飛び出していった。もう死んでいるくせに死ぬのが怖いとは、往生際《おうじょうぎわ》の悪い死霊だ」

本当に怖いだけなのだろうか。

「まだ近くを彷徨っているはずだ。あれほどの怨霊が取り憑ける肉体は、ある程度力を持った神くらいしかない。どこぞの守り神にでも取り憑く前に、退治せねば」

ロキは乳母の墓を振り向くと、ネクタルに抱かれたアムブロシアを呼んだ。

「アムブロシア。来い」

アムブロシアはとてとてと軽い足音を立てて走ってきて、ロキの脚にしがみついた。怖かっただろうに、ただただ父を心配する瞳で見上げている。

「ちちうえ、あんよ、いたい？　なおった？」

「もう大丈夫だ。いい子だな、アムブロシア。父上のお願いを聞いてくれるか？」

「うん！」

アムブロシアは大きく首を縦に振る。

「さっきの、兄上と父上に取り憑いた怨霊、おまえには姿が見えていたろう？　あれを、ここに呼び出せるか」

アムブロシアは空中をぐるりと見回した。

そして一方に目を止めると、両腕を大きく広げた。アムブロシアの瞳が違う世界を見ているように透明度を増し、広げた手の間にきらきらと光が集まる。

小さな唇を尖らせてふうっと息をつくと、突然ナザールたちの目の前に赤い瞳を持つ凶暴そうな男が現れた。

男はロキを見て目を剝いた。

「邪神……！　な、なんで……！」

「なんでもなにもない。おまえのせいで人間界は大惨事になるところだった。おまえのような悪霊は滅してくれる」

アムブロシアの力によって顕現した怨霊を、ロキは容赦ない力で殴りつけた。

「へぎぃっ！」

怨霊の顔面がひしゃげ、草の上にもんどり打った。

ロキが自分の前に手をかざすと、神力を集中させる。神力で創った剣が現れ、ロキの力がどんどん注がれて輝く。

「怨霊どもが……。一人残らず消滅させてやる。安らかに眠れ」

ナザールの心臓がどくりと脈打った。

消滅させてしまったら、彼らの魂は二度と生まれ変われない。

「な……、なぜ俺たちばかりが悪いんだ！　ただ信仰が違っただけなのに！　俺たちを迫害した人間に復讐してなにが悪い！　恨んでやる！　おまえも、人間たちも……！」

怨嗟《えんさ》の叫びが、ナザールの胸を突き刺す。

「おまえたちを迫害したのは、いま生きている人間ではない。おまえのしていることは、おまえたちを追放した人間と同じだ」

「だからなんだ！　あいつらの子孫たちだ！　許せぬ！　永遠に祟《たた》ってやる……！」

やり場のない怒りを、痛みと恐怖の記憶を、何百年も石碑の下で抱えてきたのだろう。

凝り固まった憎悪が、哀れで仕方なかった。彼らも安らぎを求めている。だってナザールの胸を吸いながら、あんなにも安堵した表情をしたのだから。

安らがせてあげたいと、強く思う。

「永遠などない。おまえたちは、ここで終わりだ」

冷酷に言い放ったロキが、力を蓄えた剣を構える。怨霊の目から、憎しみの血涙が流れた。

「我が〝彷徨える民〟の神よ……！　死んでも我らの忠誠はあなたのものです……！」

ロキが剣を振り上げた刹那、ナザールは大声でそれを止めた。

「待ってください！」

ロキも怨霊も、動きを止めてナザールを見た。

「待ってください、ロキさま。これでは彼らがあまりにも救われません。彼らも、もともとは敬虔な人間たちなのです。もしもあなたの民が間違いを犯したら、わたしはその心を包んであげたいと思います」

きっと彼らの神が存在していたら、同じように思うだろう。

ナザールは膝をついて怨霊の曲がった顔を撫で、痛みが去りますようにと念じた。

「もう苦しまないでください。本当はわかっているのでしょう？　もうあなた方を苦しめた人間はいない。復讐に意味はありません。ただ怒りのはけ口が欲しかったんですね」

自分たちを認めて欲しい。

人間らしく暮らしたい。愛する神を信奉する自由を。

そんな当たり前を奪われた人たち。痛めつけられ、滅びることになっても愛する神を手放さなかった人たち。きっと根は穏やかで、愛情深く、誠実な民なのだ。

「どうか人の輪廻の輪に入ってください。そして来世を自由に謳歌《おうか》してください。前世のぶんも」

ナザールの瞳を見つめる怨霊が、自分の心を覗いているのがわかる。あえて隠さず、全部見せた。

怨霊が、まぶしげに目を細めた。

「あんたは……、きれいだな。俺たちの神に似ている……」

はらり、と怨霊の体からなにかが剝がれ落ちた。

「あんたも迫害されたのか……。ああ、でも、あんたは誰も恨んでいない……。きれいなきれいな心だ……」

自分は理不尽な拷問に遭わなかっただけだ。もし彼らと同じ立場だったら、永遠の憎悪に身を焦がしたかもしれない。だからこれは、自分の姿であったかも知れないのだ。

安らぎを与えたい。神を信じて幸福だった時間を思い出して欲しい。

自分の中で、なにかが膨らんでいくのがわかる。

「来世のあなた方に、幸福が訪れますよう。そして、人としての生き方をまっとうできますように……」

ぽかりと、自分の中に門が開いた。

「生まれ変わってください。わたしの体を通って……」

自分の中に生まれた門が、人の輪廻の道に繋がっているのがわかる。

怨霊の体から剝がれ落ちた欠片《かけら》が、ナザールの門に吸い込まれた。よく見れば、それは小さな人間の形をしていた。

ぼろぼろと、怨霊の体が端から崩れていく。欠片は次々と門に吸い込まれ、輪廻の渦《うず》に巻かれていった。

怨霊の……、いや、彷徨える民の顔が、湯に浸かった赤子のようにやわらかく弛《ゆる》んだ。

「ああ……、あんたの手はあったかい……。気持ちいいなぁ……。ずっと長い間忘れてたよ……。ありが……」

最後の言葉は、風にさらわれたように消えてしまった。

すべての欠片が通ってしまうと、ナザールは両腕でぎゅっと自分の胸を抱きしめた。一粒も零してしまわぬよう。

彼らの来世での幸せを願って、目を閉じて黙禱《もくとう》した。

「おまえは……、慈愛の神だったか」

ロキに腕を引かれ、立ち上がった。ロキが愛おしげにナザールの頬を包み、自分の方を向かせる。

「おまえらしい。俺は消滅させることしか考えなかったが、彼らの魂は救われた。礼を言う」

「慈愛……」

自分の中に生まれた神力が、温かく体を満たすのを感じる。傷ついたものを包み込んで癒やす、やさしい泉のようなものが溢れている。

「わたしは、お役に立てたのでしょうか」

彼らが救われているなら、そんなに喜ばしいことはない。

ロキはうなずいて、ナザールを抱きしめた。

「これからどれだけの人間の魂を救うのだろうな。誇らしいぞ」

魂を救済するなどと大げさなことは言えないが、傷ついた人を少しでも癒やせるなら嬉しい。

自分が役に立てるなら。

ロキに抱かれたナザールの背後から、ネクタルが声をかけた。

「父上、俺……」

傷だらけの姿で、真摯な瞳でロキを見ている。

「俺、父上みたいに強くなる。弱い者を守れる力が欲しい。俺を鍛《きた》えてください」

ひと回り大人になった息子の肩を抱き寄せ、ロキは自分に怪我を移し取った。

「父上、いいのに」

「俺はたっぷりナザールに癒やしてもらうから構わん。さて、神界に帰るぞ。あとの処理は地上の守り神に任せる。そのためにいるんだからな」

ロキの足もとで、アムブロシアがぴょんぴょん飛び跳ねた。

「だっこ！　だーっこ！」

ロキが軽々とアムブロシアを抱き上げたとき、少し離れた場所から力ない声がかかった。

「ついでに私も連れ帰ってもらえるとありがたいんだがね」

ロキを救った前神帝は、忘れてもらっては困ると主張した。

部屋に戻るなり寝台に押し倒され、熱い口づけを受けた。ナザールはロキにしがみつき、その体を確かめる。

肌はすっかり元どおりになっているが、戦闘や溶岩で破れた衣服が恐ろしさを思い出させた。

「ロキさまは、最初からああなることを想定していたのですか」

彷徨える民の霊が、炎を恐れてロキの体から飛び出すことを。

「ああ。ネクタルの体から無理に引きずり出せぬ以上、自分に移してから引き剝がすしかなかった。しかし、正直なところ成功するか五分五分だった。精神まで乗っ取られる気はしなかったが、怨霊が飛び出さなければ俺はあのまま一緒に溶岩に溶けるしかなかったからな」

すべて計算ずくだったのだ。だが。

「あんな思いは、もういやです……」

火口に消えていったロキを思い出すと体が震える。絶望感に打ちひしがれ、体の半分がえぐり取られたような気がした。

「悪かった」

震えるナザールを抱きしめたロキに、一瞬で後悔の念に駆られた。ロキは愛する息子と人間界を守るため、自分の命を危険に晒して唯一の方法を取ったのに。

ナザールはロキの腕の中で首を横に振った。

「わがままを言いました。お許しください」

「わがままなものか。俺だっておまえが命を落としたらと思うと、想像だけで絶望する。おまえを殺す者があったら、本当に邪神になってこの世を破壊し尽くすかもしれん」

「あなたがいる限り、そんなことはありえません」

「守ってやる。俺が……、おまえも、子どもたちも」

血に塗れたロキの姿を思い出す。

自らを剣で傷つけ、瀕死の体でも「守ってやる」とネクタルを抱きしめた。溶岩で体を損傷して仮死状態になっても、アムブロシアのいる墓標の周りの結界は解かなかった。

強くたくましい父の愛情は、子どもたちの中に刻まれただろう。もちろん自分にも。

その彼を癒やすのは、自分の役目だ。

「ロキさま……！」

衝動に突き動かされ、ぶつかるようにして自分からロキの唇を奪う。頭を抱きかかえて飢えた獣のように舌を潜り込ませた。

ロキはすぐにナザールの情熱に応え、細身の体を抱く腕に力を込める。息苦しいほど強く抱きしめられ、たくましい筋肉の盛り上がる胸に押しつけられた体が燃え上がった。

忙しなく互いの服を脱がし合い、寝台の上で全裸で抱き合う。重なり合う乾いた肌が、溶岩の熱が残っているように火照《ほて》っている。

隆々と勃ち上がる男性の象徴は、すでにナザールを求めて太い血管を走らせていた。

「俺を癒やせ、ナザール……！」

ロキは裸に剝いたナザールにのし掛かり、喰らうように胸粒に噛みついた。

「つ……っ！」

血が滲むほど噛まれた乳首が、じんじんと痺れて官能を訴える。痛みにすくむ暇もなく荒々しい強さで吸引された。

「う……、あ……」

体中の体液が吸い出されるかと思うような力強さが愛しくて、ロキの頭を抱え込んだ。欲されていると思うと、ますます体が昂《たか》ぶる。

ナザールの胸粒を、ロキの指がつまんでねじり上げる。

「んうっ……！」

跳ねる体を押さえつけられ、男の厚い舌で腫《は》れた乳首をねぶられて喘いだ。

乳首を押し上げるように乳暈《にゅううん》を左右からリズミカルにつまみ上げられる搾乳《さくにゅう》の動きに、ロキの舌先が濡れていくのがわかる。

「二度も瀕死の俺を癒やしたのに、まだこんなに溢れてくる。おまえがどれだけ俺を想ってくれているかわかる」

剣でつけた深い傷を塞ぎ、仮死状態のロキを蘇生させたナザールだが、身の底から泉が湧くように乳が溢れてくる。でもまだ足りない。

疲れ切り、ネクタルの傷を移し取った痛みも残っているであろうロキを癒やすための種が、もっともっと欲しい。

ナザールの体に種を仕込んで、溺れるほどの乳で満たして――――!

「ロキさま、ください……!」

硬く屹立した男根同士がこすれ合って、快感のあまりむせび泣いた。彼を癒やしたくて急速に体が昂ぶる。

「もっと淫らになって俺を煽れ。おまえが乱れれば乱れるほど俺の種の量も増す」

淫らなナザールを好むロキを、もっと満足させたい。愛されたい。

「妖婦のようなおまえが見たい」

自分の中に生まれた慈愛の神としての本能が、ロキの求めに応えようとナザールの意識を淫楽に染めていく。彼の興奮に感応しているのがわかる。

ナザールはロキを見つめながら、唇を舌でぐるりと舐めた。赤い舌を見せつけながら。

ロキの目が淫猥《いんわい》に細まる。

ナザールは仰向けのまま片肘をついて上半身を支えると、自身の胸に手を伸ばした。

「……飲んでください」

言いながら、自身で乳を搾り出す。かすかな腹筋の溝《みぞ》を通り、乳はナザールの胸から体の中心を流れ落ちる。

ロキは薄く笑い、ナザールの臍《へそ》まで垂れた白い乳を、舌の腹でねろりと舐め上げた。

「あ……」

舌が通った部分が痺れるほど感じる。

身を震わせると、ロキの熱い手のひらがナザールの体の側面をなぞりながら上がってきた。そのまま力強く胸をつかまれ、尖った胸先から乳が噴出した。

「あああっ……！」

痛いほど搾り上げられる乳を、ごくごくとのどを鳴らして嚥下《えんげ》したロキがうっそりと笑う。さらに吸い出した乳を口に含むと、ナザールに口づけた。

重なったロキの唇から、芳醇《ほうじゅん》な味わいの液体が流れ込んでくる。

「ん……、んん……っ」

こくり、とナザールののどが上下する。ロキの体に押し潰された陰茎が、興奮でずきずきと痛んだ。

「美味いだろう？」

はふ、と息をついたナザールの瞳が蕩《とろ》けている。

自分が淫婦になったように、いやらしいことをしたくてたまらない。ロキの種を大量に取り込もうと、心も体もどんどん昂ぶってくる。

「他にどこを舐めて欲しい」

ロキに命ぜられ、羞恥で気を失いそうになりながら、舐めてと口に出させられたことは何度もある。神に奉仕させる不敬に、常ならば消え入ってしまいたい気持ちになるけれど。

なのに今は女王のように尽くされたかった。自分は興奮で頭がどうかしてしまったのかもしれない。

「ロキさま……」

尻でずり上がり、花芯を見せつけるように腿を両側に倒した。乳を溜めた手のひらを傾け、勃ち上がり切った自身の陰茎の先に垂らす。

「ここ……、舐めて……」

自分でも聞いたことのない、舌足らずに甘えた口調だ。

こんな不敬で淫らな言動、普段だったらとてもできない。頭のどこか端の方で理性が叫んだ気がしたが、すぐに官能の炎に焼かれて蒸発した。

色悪《いろあく》的な笑みを浮かべたロキが、従者のようにナザールの足もとに跪く。わざと口を開いて舌を見せつけ、乳の伝う若茎を拭った。

「は、あ……っ！」

びくん！　と背を反らして快感に打ち震える。

ロキが渇いた獣の動きで乳を舐めすすっていく。まるで自分の方がロキを従えているようだ。

愛しいロキにそんなにも愛されていることに、優越感と恍惚が入り交じって背筋を駆け上った。

「もっと……、上の方も舐めて……！」

ロキがナザールの雄茎の先端を咥《くわ》える。鈴口を舌でちろちろとくすぐられ、突き刺すような刺激に鳴いた。尖らせた舌先でくじられると、精道の中までじんと痺れる。

奥まで呑み込んで欲しくて、傲慢な支配者のようにロキの頭を抱え込んで腰を突き上げた。

「ああ……、ああ、ロキさま……、いい……っ、きもちいい……！」

ナザールの胸の先端から、快感を訴えた乳白色の体液がとめどなく溢れ出ている。片手でロキの頭を押さえながら、もう一方の手で自分の乳首を弄《いじ》り回した。

はしたないなどという意識は吹き飛び、ただただ淫らに快感を得ることに没頭する。

「もっと乱れろ、ナザール」

雄茎を咥えながらしゃべられ、腰がよじれるほど感じた。

いやらしい自分を見せたくて、乳を纏わせた指で自分の後蕾を撫でる。

「う……、ん……」

ぬぷり、と指先を肉の環《わ》に潜り込ませれば、熱く湿った粘膜が奥に引き込むように痙攣した。

ロキの男根は、いつもこんなふうに奥に導かれているのだ。

「あ、あ……」

可能な限り奥まで指を挿し入れ、こねるようにかき混ぜると、くちゃくちゃと粘液が泡立つ音がした。

耳からも感じてしまい、ナザールの頰が茹でられたように上気した。自分の首筋や脇、脚の間から、男を誘う汗の匂いが立ち上る。

ロキの青い瞳が燃え上がるように爛々《らんらん》と輝いた。

「もっとだ、ナザール……！　おまえは精を受ける器《うつわ》だ。限界まで俺を欲しろ……！」

器という言葉が、自分の中でぴたりと当て嵌《はま》った。

ロキの精が欲しい。なみなみと注がれて、自分に取り込んでしまいたい。自分が彼を癒やす神器になったのを感じる。

もう触れていないのに、両の乳首が赤く腫れて、解放を待つ陰茎のようにずきずきと脈打つ。ぷつぷつと白い蜜が膨らんできては、ひっきりなしにしたたった。

欲しい………、欲しい、欲しい、ロキが欲しい――――！

「く、ぅ……っ！」

指の関節を折り曲げて爪の先で肉壁を引っかく。いちばん快楽を得られる前壁のしこりを執拗にこすり立て、のどを反らして仰のきながら長い髪を乱して頭を打ち振るった。

「おまえのものも飲ませろ」

「ロキさま……！　あ、あ、あ……、でる……、でる、でて……、あああぁぁぁ――……っ！」

先端の膨らみを、ずぞぞ……、と音を立てて吸われた瞬間、腰奥から白い衝動が湧き上がる。

飲ませたい――――！

無意識にロキの頭を自分の腰に押しつけ、衝動のまま快楽を解き放つ。同時に、ナザールの乳首から弧を描いて白い乳が迸った。

数度に分けて、大量の精がロキの口中に吐き出される。

「ああ……、あ……」

呆けたように口を開け、恍惚に酔い痴《し》れる。ロキののどがごくりと鳴ってナザールの精を飲み干したとき、背徳感と喜びが同時にナザールを満たした。

ロキがゆっくりと口からナザールの陰茎を引き抜く。肉茎の側面に圧をかけながら移動する唇の感触が、たまらなくいい。

淫らに大きく開かれたナザールの脚の間で、濡れた男根がまだ屹立している。両の腿が快楽の余韻に痙攣していた。

ロキの目には、ナザールが自分で弄った後孔がもの欲しげに口を開いているのが見えるだろう。まるで中に精を放たれたように、白い体液で濡れそぼって。

「美味かった」

痛々しく赤く腫れている勃起の向こう側で、ロキが満足げに自分の口もとを乱暴に手の甲で拭うのが見えた。

出したのに、体の熱さが変わらない。むしろ鎮めるものを欲しがって、渇いて疼いている。

「ロキ……さま……」

ロキに向かい、濡れた指を差し伸ばして誘った。濃厚な発情の匂いが振りまかれる。

早く精を注いで、蒸発するほど熱い体を鎮めて欲しい。

「素晴らしい器になった。濃い精を注いでやる」

そして俺を癒やせ、と口づけながらのし掛かってくる体を抱き留めた。

何度も精を受け、乳を吸われながら、底のない愛情を与え合った。

「さて、これで本当に私はお役御免《ごめん》だな。しばらくはロキもおとなしく神帝の仕事に従事するだろう」

すっかり体力の回復したレイウスは、バラーとともに旅支度をして館の外に出た。ロキとナザールは二人を見送るために一緒に外まで出てきている。

ナザールは二人に向かって深々と頭を下げた。

「本当にレイウスさまにはお世話になりました。なんのお礼もできず心苦しいですが、わたしでお役に立てることがありましたら、なんなりとお申しつけくださいませ」

自分にできることなど皆無だろうが、気持ちだけは込めた。ロキを救ってくれて、どれほど感謝してもし足りない。

「礼など結構だ。愛しいバラーの家族のためだからな。まあ、ロキからは相応の礼をもらいたいところではあるが」

ロキは眉をひそめて、手でレイウスを追い払う素振りをした。

「おまえが消滅したら丁寧に弔《とむら》って輪廻の輪に入れてやる。それまでバラーと一緒に、田舎にでも引っ込んで余生を楽しんでいろ」

「命を救ってやったのにひどい言い草だな。実におまえらしくて安心する。それに孫公認とは嬉しい話だ。では新婚旅行の続きに戻ろうか」

ロキの暴言を毛ほども気にしない前神帝は、隣に立つバラーの肩に手を回す。

バラーは相変わらず冷淡な態度で、面倒そうな顔を隠さず言う。

「約束は約束ですから、あなたのご命令には従いましょう。どうぞなんなりとお命じください。どこまでもお供《とも》いたします」

「そのように自棄《やけ》にならずとも……。愛しいおまえと静かに暮らしたい、それだけだ」

「私などのどこがそんなにいいのかわかりませんね」

バラーの言葉を聞き、レイウスは男らしい眉を寄せた。

「おまえ本人といえど、おまえを卑下する言葉は認めん。それに、おまえが生命を分け与えてくれなければ、私は今ここで立っていることもできなかった。素晴らしい力を持っているではないか。おまえの献身に、私は心打たれている」

そうだ。あれだけ神力を酷使して、乳を出す花嫁も持たぬレイウスがすぐに回復していることは不思議だった。バラーはレイウスのものになってはいるが、〝花嫁〟として種を仕込まねば乳は出ないことをナザールも知っている。体を繋ぐだけでは花嫁にはならないのである。そしてバラーが乳を出している気配はない。

ナザールの疑問には、隣に立つロキが答えた。

「バラーは自分の生命力を他者に移動できる能力を持っている。そのぶん何百年も寿命が縮むから、滅多《めった》なことでは使わぬが」

「自分の寿命を削って……」

新たな肉体を与えられたバラーは神としてまだ長い寿命を持っているのだろうが、それでも何百年という単位で寿命が縮まるのは相当の覚悟がいるのではないか。

態度は素っ気なくとも、レイウスへの深い愛情を感じた。自分などが気を揉まずとも、この二人は大丈夫だろうと素直に思える。

レイウスはバラーの両手を取り、正面から瞳を覗き込む。

「一度も言ってはくれないが、おまえも私を愛しているだろう、バラー？　わかっているぞ。恥ずかしいなら、うなずくだけでいい」

バラーがかすかに頬を赤らめ、体を硬くする。レイウスが期待に満ちた眼差《まなざ》しでバラーを見つめているとき、館から飛び出してきたヴェロンダが大声を上げた。

「ちょっとナザールさま！　アムブロシアさまが熱出しちゃったの！　どうしよう、早く来て！」

「ええっ？」

驚いたナザールは、慌ててレイウスとバラーに頭を下げる。

「も、申し訳ありません、わたしはこれで……」

そのとき、早雲が近づいてきてハクとジダン、ネクタルが飛び降りた。ネクタルはロキの仕事を手伝えるようになりたいと、朝からハクとジダンについて神殿に行っていたのだが。

ハクとジダンが、急いで膝をつき早口で報告する。

「ロキさま、人間の傍若無人な所業に腹を立てた大海神が、洪水を起こしています！

「町が押し流されそうです、至急人間界へ！」

ロキが露骨《ろこつ》に顔をしかめ、レイウスは同情に眉を寄せた。

「大海神か。私も手を焼いたが、あいつはとんだ頑固爺だぞ。健闘を祈る」

ロキは忌々しげに舌打ちをして、腹いせのようにレイウスに言った。

「では神殿の方はおまえに任せた。新婚旅行は後回しだ」

「えっ！　いや、ちょっと待て……！」

慌てるレイウスを見てあからさまにホッとしたバラーは、そっと握られた手を抜け出した。

「いいではありませんか、どうせ暇なのですから。わたしもアムブロシアが心配なので、様子を見てあげたいですし」

「まったく……、隠居したはずがどれだけ働かせれば気が済むのだ」

「ですから、働いているあなたの方が格好よく見えますよ、レイ」

機嫌を取るようにバラーに頬に口づけられて、レイウスは諦め顔で長くため息をついた。

「もういっそ神帝に戻ろうか……」

やれやれ、と雲に乗って神殿に向かうレイウスのことはすでに目に入らないように、ロキはネクタルを振り向いた。

「地上に行くぞ、ネクタル。手伝え」

「は、はいっ、父上……！」

ロキに声をかけられ、ネクタルの表情が驚きから晴れやかな笑顔になった。

黒い獣に変わって走り出す二人を見送り、ナザールは急いで館に入る。

熱を出しているというアムブロシアは、それでもご機嫌できゃっきゃっとはしゃぎながら裸で走り回っている。熱があって暑いのだろう。

娘の元気そうな姿に安心した。本当に具合が悪いならぐったりしているはずだ。おそらく乳をやればすぐに熱は下がる。

「これなら父上と兄上が帰ってくる頃には熱も下がっていますね」

そして疲れて帰ってきたロキのために、また癒やしの乳を出すのだ。

家族の賑やかさを嬉しく思いながら、ナザールは走り回る愛娘を抱き留めて口づけた。

初めてのバカンス

「ロキさま……、本当に入って大丈夫なんでしょうか……」

「俺を信じろ」

湯浴み用の薄い服を身に着けたナザールは、湯けむりが上がる湖にこわごわつま先を浸した。

きれいに晴れ渡った青空の下の、広大な湖である。火山のふもとにあるこの湖は地熱で温められ、人や動物が湯浴みにやってくる場所である。

「……温かいです……」

湖に腰まで浸かったナザールが、ほう、と感嘆の息をつく。

「不思議ですね、湖が温かいなんて」

ぱしゃ、と湯を手のひらですくった瞬間、湖の離れた場所で突如湯が盛大に噴き上がった。

「ロキさまっ……！」

間欠泉に驚いてロキにしがみついてきたナザールを、笑いながら抱き寄せる。

「湯が噴き上がる場所は決まっている。近づかなければ危なくはない」

ナザールは不安そうな顔をしたが、ロキの腕の中にいれば大丈夫と判断したのだろう。やがてナザールの表情がやわらかくほぐれていった。

「こんな素敵なところ、ハクとジダンも連れてきてあげたかったですね」

生まれた土地から出たことのないナザールを、ロキは旅に連れ出した。責任感の強いナザールは、自分が留守にしてしまったら眷属の子らに乳を与えられないと気にしていたけれど。

ナザールは頑張りすぎだ、とロキも周囲も思っている。ゆっくりさせてやりたいと、ロキも考えていた。

ハクとジダンの勧めもあり、数週間の休暇をもらうことにした。

初めての旅は、ナザールの疲れを癒してやろうと、湯治ができる外国に決めた。貴族や商人たちが長期の休暇に訪れる、人気の高い国だ。ロキも気に入っている。

「とても気持ちいいです」

心地よさげに息をつくナザールを見て、連れてきてよかったなと思う。

「世界にはいろいろな土地がある。砂だらけの国もあれば、凍りついた土地、水に浮かぶ町など、たくさん知るのは面白いぞ。いずれ順に連れて行ってやる」

「それは……、とても楽しそうですが、あまり土地を留守にするのも……。子どもたちの成長が遅れてしまいますし……」

気にしすぎだ。乳は成長に必要だが、なくとも生きるのに不自由はない。眷属もよみがえり、急いで成長させずともゆっくりで構わない。

だが、乳を与えることが自分の存在意義だと思っているナザールに、そう言っても気が楽にはならないだろう。だから――――。

「たまには俺におまえを独り占めさせろ。夫に寂しい思いをさせないのも花嫁の大事な仕事だぞ」

甘えるように耳もとで囁けば、ナザールの白い頬が染まる。

ナザールのことを第一に考えているのは間違いないが、これも偽りのない自分の本音だ。

「はい……」

素直なナザールは、ロキに求められる喜びと期待ではにかんだ笑顔を見せる。

こういう顔を見てしまうと、今夜は自分を止められそうにないなと思う。存分に可愛がり、啼かせ、腕の中で甘やかそう。休暇の間は明日を気にする必要なく、寝て起きて食べて抱き合って、のんびり過ごせばいい。

そしてこの国に連れてきたのにはもうひとつ理由がある。

ナザールが怯えたようにロキの腕につかまって身を寄せてきた。

「ロキさま、青い目の人たちがいます……！」

見れば、この国の人間たちが少し離れた場所から湖に入ろうとしている。中に数人、金の髪に青い瞳の、この国ではよく見かける色合いの人々がいた。

「気づいたか。この国では青い瞳はめずらしくない」

これが、この国を選んだもうひとつの理由だ。

「そうなんですか……？」

ロキの陰に隠れるようにしながら、ナザールは人々を呆然と眺める。

邪視と忌まれ、生まれたときから虐げられてきたナザールは、町の守り神であるロキの花嫁となった今でも、自分を卑下する気持ちを拭い去ることができていない。

あの土地の人間はみな黒い瞳をしているし、あそこしか知らないナザールが自分を異端のように思ってしまうのも仕方ないけれど。

特別なことではないのだと教えてやりたい。

「町を歩いても、誰もおまえを気味悪がったり、めずらしいものと思ったりしない。堂々と歩いても奇異な目を向けられることはないぞ」

青い目の人々を見つめるナザールの瞳が潤んでいる。

「この瞳であることを今は誇らしく思っています……。でもごめんなさい。どうしても、人々の間にいると、神の眷属でもない私の瞳の色だけが違うことに疎外感を覚えることがあって……」

それは当然だろう。種族が違うのだから。ナザールは人間なのである。

いくらロキが守り神に戻り、表面上は邪視も受け入れられたとはいえ、人々の気持ちの根底にはまだまだ差別意識は残っている。

ナザールの気持ちを軽くし、自信を持たせてやりたい。ずっとそう思っていた。

「とはいえおまえは飛び抜けて美しいからな。町を歩けば、おまえの美貌が視線を吸い寄せてしまうかも知れぬ」

言うと、ナザールは泣き笑いの表情になった。

「そんなことを思うのはロキさまだけです」

「おまえは自分の美しさに無頓着すぎる。いいか、俺以外の男にほほ笑んでやったりするなよ。見せびらかして自慢はするが、それだけだ」

ようやく笑い出したナザールを抱きしめ、愛しい目もとに口づけた。

「憂いなき幸福な花嫁の乳は滋養豊かだ。それを土産にできるよう、ここにいる間は俺以外のことはすべて忘れて、楽しむことだけを考えろ。帰ったらまた働いてもらうからな」

「はい。たくさんお土産を持って帰ります」

花のようにほころんだナザールの手を引き、次はとびきり美味いものを食べさせてやろうと湖から上がった。この国のゆったりとした衣服に着替え、町に出よう。

二人の初めての休暇は始まったばかりである。

あとがき

こんにちは。かわい恋です。

このたびは『邪神の血族～邪神の婚礼～』をお手に取ってくださり、ありがとうございました。

なんと『邪神の婚礼』シリーズ三作目です！　わー、ありがとうございます！　というわけで、もし間違って今作を最初にお手に取ってしまった方がいらっしゃいましたら、『邪神の婚礼』『神の愛し花嫁～邪神の婚礼～』に続いての三作目なので、ぜひ既刊を先にお読みください。

授乳ＢＬという特殊萌えにおつき合いくださる読者さま、心からの感謝を捧げます。皆さまのおかげで、こうして続編を書かせていただくことができました。

ロキとナザール、こんなに愛されているんだなと本当に嬉しいです。私にとっても、とても大切なキャラクターです。今作でもロキの溺愛、二人のラブイチャぶりと奮闘ぶりをお楽しみいただければと思います。

毎晩種を仕込んでもらわないと辛くなってしまう神の花嫁、ナザールは今回も体の渇く暇がありません。雄っぱいミルクな濡れ場も健在です。

新キャラも加わり、ますます賑やかになって参りました。前作で「気になる！」というお声をたくさん頂戴した神帝とバラーもちょこちょこ顔を出しているので、そちらの二人も見てやってくださいませ。

他にも、「こんなのが見たい」というご希望があれば、お手紙やTwitterのリプなどでお知らせください。番外編を書くときの参考にさせていただきます。ご感想も大歓迎です！

もしよろしければ、ご感想は出版社さまを通していただけますと、一緒に作品を作り上げてくれた担当さまも喜んでくださると思いますので、お願いできれば幸いです。直筆はちょっと、という方はWEBからもお送りいただけますので、ひと言でもお気軽に。

担当さま、いつも的確なご指示をありがとうございます。時間が迫る中でも、こうしたいとアイデアを出せば柔軟に対応してくださり、おかげさまで満足いくように書けました。

Ciel先生、いつも美しいイラストをありがとうございます。主人公二人に加え、今作は他のキャラクターもどんなふうに描いていただけるのか、いちファンとして楽しみです。

そして読者の皆さま、かかわってくださるすべての皆さまに、最大級の感謝を捧げます。もともとは電子での評判がよかったゆえに続編を書かせていただけたこのシリーズ、彼らのハッピーエンドのその後を書けて感無量です。

まだまだ書きたい話がたくさんあるので、どうぞまたおつき合いくださいませ。次の本でもお会いできますように。


かわい恋（Twitter：kawaiko_love）

初出一覧

邪神の血族 ～邪神の婚礼～　／書き下ろし
初めてのバカンス　／ビーボーイフェス2007電子限定小冊子（2017年7月）掲載

世界の乙女を幸せにする小説雑誌♥
小説
ビーボーイ
b-BOY
読み切り満載!!
4月, 10月
14日発売
A5サイズ
多彩な作家陣の豪華新作、
美麗なイラストがめじろおし♥
人気ノベルズの番外編や
シリーズ最新作が読める!!
イラスト／蓮川 愛
ビーボーイ編集部公式サイト
https://www.b-boy.jp
雑誌情報、ノベルズ新刊、イベント
はここでお知らせ！
小説ビーボーイ最新号の試し読みもできるよ♥
イラスト／笠井あゆみ

ビーボーイスラッシュノベルズを
お買い上げいただきありがとうございます。
この本を読んでのご意見・ご感想をお待ちしております。

〒162-0825　東京都新宿区神楽坂6-46
ローベル神楽坂ビル4F
株式会社リブレ内　編集部

アンケート受付中
リブレ公式サイト　https://libre-inc.co.jp
TOPページの「アンケート」からお入りください。

SLASH
B-BOY NOVELS

邪神の血族 ～邪神の婚礼～

2020年4月20日　　第1刷発行

■著　者　かわい恋

■発行者　太田歳子
■発行所　株式会社リブレ

〒162-0825　東京都新宿区神楽坂6-46　ローベル神楽坂ビル
■営　業　電話／03-3235-7405　FAX／03-3235-0342
■編　集　電話／03-3235-0317

■印刷所　株式会社光邦

Printed in Japan
ISBN 978-4-7997-4734-6